DARIA BUNKO

名無しの神様ご執心

高月まつり

illustration＊明神 翼

イラストレーション❋明神 翼

CONTENTS

この作品はフィクションです。
実在の人物・団体・事件などに一切関係ありません。

名無しの神様ご執心

この世に神様がいるなら是非とも会いたい。

そして、ちょっとの恨み言とお礼と「あとはもう構わなくていいですから」と念を押したい。

佐々倉陽都《ささくらはると》はそう思いながら、静まりかえった屋敷の玄関に立つ。

ほんの数日前まで、祖父の葬儀だなんだで騒がしかったのに、今はまるで買い手を待つ空き家のようにしんとしている。

ふと空を見上げると、梅雨の合間の晴天。

陽都は眉にかかりそうな前髪を右手で搔《か》き上げ、眩《まぶ》しさに大きな目を細めた。

車寄せの屋根を支える柱には、幾つもの傷があった。

よく見ると、傷の下には陽都の名前と日付が彫ってある。

祖母は「そんな目立つところに！」と悲鳴を上げたが、祖父は「まあまあ」と笑って陽都の身長を毎年一回測り続けた。

最後に測ったのは、陽都が高校を卒業した頃だ。祖父が「去年と同じ一七八か」と少し寂しそうに呟《つぶや》いたのを覚えている。

申し訳ないな、祖父さん。父さんの身長を超すことはできなかったが、男としては長身の部類だし、父さんと違って運動神経はいいらしいから許してくれ。

陽都は、視線を空から柱の古い傷に移して小さく笑う。

裏庭から、姉たちが洗濯物を干している声が微《かす》かに聞こえてくる。裏庭は玄関から随分と離れているはずだが、彼女たちの声は迷惑なほど大きい。

「まったく。いい天気だからってはしゃぐなっての」

そういえば、祖父・興一《こういち》の葬式のときの天気予報は一日中大雨のはずだったのに、予報は外れて晴天になった。

数日は降り続くと言われていたが、なぜかぽっかりとその日だけは晴れて、葬儀にやってきた人々は、祖父の生前の行いがよかったのだと感心していた。

翌日の土砂降りで、祖父の「生前の行いがよかった説」は信憑性《しんぴょうせい》を増した。

納骨は四十九日が終わってからだが、そのときも晴天になるような気がする。

陽都はそんなことを思いながら、慎重に玄関扉を開いて中に入った。


祖父は骨董《こっとう》を生業《なりわい》にしていたので、屋敷の中には大量のアンティークが適当に置かれて……いや、飾られている。

祖父の父（陽都の曾祖父《そうそふ》）も骨董に目がなかったようで、祖父は幼い頃から親子で世界中を回り、数え切れないほどの本物と偽物を見て触り、もちろん勉強もしたが、そのお陰で真贋《しんがん》が分かるようになったのだと、陽都はいつも聞かされてきた。

『神様がばあさんを見守ってくれていたから、わしは世界中に行くことができた』

何が神様なのかはさっぱり分からなかったが、祖母は祖母で「そうなのよー」と呑気《のんき》なことを言っていたので、きっと海外から持ってきた太古の神様の置物でもあるのだろう。

……しかし祖母は十年前、祖父は今年鬼籍《きせき》に入った今、置物の存在は不明のままだ。

祖父は、一人娘が結婚したときには、花嫁の父らしい一悶着《ひともんちゃく》があったそうだが、サラリーマンの婿《むこ》が骨董好きと知った途端に大賛成したと、祖母が笑いながら話してくれたのを思い出す。

陽都は両親を覚えていない。

双子の姉である花梨《かりん》と海音《あまね》が五歳、陽都が一歳の時に、事故で亡くなった。父は親族がなく、すんなりと佐々倉家に婿に入った身で、姉弟たちは「もしものときはわしらが育てると話をしてあるんだよ」という祖父の言葉通り引き取られ、この屋敷で暮らした。

「年寄りっ子は三文安」と言われないよう、祖父と祖母は孫たちをむやみと甘やかすことはしなかった。だがたっぷりと愛情を与えてもらったのも覚えてる。

素晴らしい祖父母だったと、陽都は思う。

そうでなければ、内面も大事だが外見も非常に気にする双子の姉が、人目もはばからず号泣なんてしない。

「よっこらっと」

小さなかけ声をかけて、玄関に入る。松葉杖を使うのも慣れたものだ。

陽都は、まさか自分が大学の卒業旅行に行く途中、事故に遭うとは思っていなかったし、右足骨折で三ヶ月も入院するとは思っていなかった。

入院のせいで就職先を失ったのは、これはもう仕方がないと諦《あきら》めた。

リハビリを続けても以前のように走ることはできないと医師に告げられたときは、漠然と、「祖父さんがこれを知らずに逝《い》ってよかった」と、そう思った。

二人の姉が美しい顔を般若《はんにゃ》のように恐ろしく変貌させて医師に説明を求めていたときも、どこか他人事だった。今思うと、それは現実逃避だったのだろう。

祖父は「この屋敷には神がいる」と言っていたが、本当に屋敷の中に神様がいるとしたら、そいつはきっと役立たずの疫病神《やくびょうがみ》だと、陽都は思っていた。神様に八つ当たりをした。

今は……どうにかこうにか受け入れている。


扉を開けると、昔は土間だった広い玄関があり、商家の階段箪笥《だんす》が壁に添って置かれ、下駄箱代わりになっている。三和土《たたき》で靴を脱いでスリッパに履《は》き変えると、掃除が面倒臭そうな廊下の隅に、ずらりと骨董が並んでいた。

和洋折衷《せっちゅう》の不思議な玄関に、来客はみな好奇心を刺激された。

半分ほど鑑定済みなのはありがたいが、売り物のテーブルの上に売り物の花瓶《かびん》……というように、無造作に積まれていて、どれも美しいモザイク模様のお宝なのにお宝感がまったくない。

一階は祖父の部屋と、職場も兼ねている書斎。食堂と居間、その他水回り。

二人の姉と陽都の部屋は二階にある。

だが姉たちの「松葉杖を突いている間は、一階で生活しなさい。書斎にベッドとあんたの身の回りの物を移動させておくから」という提案（という名の命令）に頷《うなず》き、一階奥の書斎で寝起きすることになった。

祖父の部屋には、まだ入る勇気がない。

姉たちも、祖父が入院したときのままで、何一つ動かしていないと言った。

綺麗に片づけてしまったら、祖父の居場所がなくなってしまうような気がした陽都は、できれば四十九日までは、祖父の部屋は今のままにしておきたかった。

使い込んだ板の廊下に、松葉杖の音が小さく響く。

祖父と祖母が大事に手入れしていた屋敷なのに、もしかしたら杖の跡が付いてしまうかも。

ごめんな。ほんと……俺って、肝心なときに運が悪い。

『卒業旅行でヨーロッパを回ってくる。祖父さんがびっくりするようなお宝を買ってくるから、楽しみにしていてくれ』

入院した祖父の枕元で、陽都は笑顔でそう言ったのに、空港へ向かう途中で事故に遭い、数時間後に病院に担ぎ込まれた。

まさか、祖父の個室に入院するとは思っていなかった陽都は、目が覚めたときに仰天した。祖父がどれだけ我儘《わがまま》を言ったのか分からないが、そのおかげで、陽都は最後まで祖父と一緒にいられた。信じられないくらい二人の時間を過ごすことができた。

採用先の会社から、見舞いの言葉と共に残念ながら採用取り消しの言葉を綴《つづ》った手紙を受け取ったときは、「お前はまだ若いから、すぐに他の職が見つかる」と励ましてくれた。

祖父は、本当は「自分の仕事を継げ」と言いたかったのだろう。だが最後まで何も言わなかった。

その代わりになのか、「わしの部屋に置いてある青い薔薇《ばら》だけは、何があっても売ってはならんぞ。それは美しい青色でな」と、何度も言った。

「そういえば……」

陽都は歩みを止め、振り返って祖父の部屋の扉を見つめた。

ようやく平穏を取り戻したところで、陽都は祖父の言葉に疑問を持つだけの余裕を得た。

青い薔薇とは、果たしてどういう意味なのか。

自然に咲く青い薔薇は存在しない。企業が遺伝子操作で作り上げた上品な淡い青紫色の薔薇が、今のところ「青い薔薇」と呼ばれている。あとは、インクを吸わせて花びらの色を変化させたものだ。

陽都が青い薔薇についてよく知っているのは、姉たちが食卓で延々と語っていたからだ。そのときは「今のブームは薔薇か」ぐらいにしか思わなかったが、そのときの知識が今、なんとなく役立っている。

……役に立たない雑学だと思ったんだけどな。

売るつもりは毛頭ないが、それだけ大事にしていたものなら、一度見てみたい。

祖父の部屋を引っかき回すのではなく、青い薔薇を捜すのだ。孫の自分にさえ一度も見せずに、大事にしまっておいたものなら、無造作に転がってはいないはずだ。

よし。

陽都は小さく頷き、来た道をゆっくりと戻る………が。

「おーい！　陽都ーっ！　おやつ用に蒸しケーキ作ってー！」

「チョコ味がいい！　チョコ味の蒸しケーキ！」

ようやく洗濯物を干し終えたのか、二人の姉が洗濯部屋の扉を開けて廊下に現れ、それぞれ大声を上げた。

「陽都ーっ！」

ただでさえうるさい姉たちの声が、合唱になると忌々《いまいま》しいことこの上ない。

「ここにいるっ！　大声を出すなよみっともない！」

陽都は器用に松葉杖を使い、猛スピードで姉たちのいる反対側に向かった。

廊下の真ん中に作られた立派な階段をぐるりと回り込む。

「晩ご飯は私が作るんだから、おやつはあんたね！　お姉様直伝《じきでん》のレシピで作って」

お願いではなく命令するのは花梨《かりん》。綿菓子のようなふわふわの猫っ毛と、一五〇センチのミニマムな体型が愛らしい彼女は、実は刃物を持たせたら右に出るものはない、大人気の料理研究家だ。

「温室の鉢からミントを千切《ちぎ》ってきた。ハーブティー作って」

眉上でパッツンと前髪を揃《そろ》え、背中までのストレートヘアが自慢の、凛《りん》とした態度の海音《あまね》は、一七〇センチという長身と中性的な美貌を生かし、モデルをしている。商才もあるらしく、最近はさまざまなコンセプトショップも展開している。

このデコボココンビが双子なのだから、世の中は面白い。

「ところでさ、なんでミントだけ、あのぼろい温室に隔離してんの？」

海音の問いに、「庭に植えたらあっという間に増殖して、取り返しの付かないことになるからよ」と花梨が答えた。

「へー。陽都は知ってた？」

「いや。俺はてっきり、スースーするから離れて植えてるのかと思った」

陽都のとぼけた言葉に、海音は「ははは、馬鹿じゃないの」と笑う。

花梨もつられて笑った。

外見はまったく似てないのに、こういうときは息が合う。陽都は双子の姉たちにしかめっ面をして「バカはないだろ、バカは」と抗議してから、キッチンに向かってゆっくりと歩いた。


祖父はこの書斎で蒐集家《しゅうしゅうか》と商談していた。

骨董の他にも大量の書籍が積まれ、天井までの本棚の一角は、曾祖父と祖父、父の旅行記で埋め尽くされている。

姉たちが用意してくれたベッドは、もともとここにあったもので、普段は骨董を置く「テーブル」として使われていたものだ。

この重い物を二人でどうやって移動させたのかと首を傾《かし》げるほど、鉄製の骨組みは頑丈で重い。重いが、細部は曲線を描いて優雅だ。柵のようなベッドヘッドには、どこぞの貴族の紋章が螺鈿《らでん》か何かで表現されている。百合《ゆり》のマークが至る所にあるので、フランスにゆかりのある貴族のものだったのだろう。

マットレスを敷いただけでも様になるのは、作り手の腕がいいからだ。

陽都は、天蓋《てんがい》こそついていないがゴージャスなベッドに仰向けに寝転び、祖父が遺《のこ》した手紙

いる。

サイドテーブルに置いてあるランプはガレのレプリカで、本物は玄関脇に無造作に飾られている。

手紙というには余りにも多い紙の量で、陽都はまだ半分も読み切れてなかった。

「祖父さん……頭の中に全部入ってたんだな……」

手紙の内容は骨董の目録と、骨董の取り扱いなどで、オリジナルは弁護士が持っている。

の束を広げた。


陽都は骨董は好きで、祖父の仕入れ旅行にも数え切れないほどついていって目を肥《こ》やしていたが、ロココとアールヌーボーは「少女っぽくて」という理由で今ひとつ心がときめかない。

「ふむ……」

基本は乾拭《からぶ》き……ってことは、いつもと同じじか。お得意さんが来たら、遊園堂《ゆうえんどう》の兄さんを呼べばいいってことか。本当なら、俺がすぐに店を継いで、商談を再開させなくちゃなんないんだよな。けど俺は、趣味は趣味のままにしておきたいんだよな。

陽都は手紙の束を脇に寄せ、ため息をついた。

右足の膝《ひざ》から下はギプスは取れたものの、細く頼りなくなった足は、寝返りを打つときでさえ慎重にしなければ痛みが走る。

松葉杖の必要がなくなっても、足の痛みとは一生つき合わなければならない。こんなことで、再就職ができるのか不安になった。

祖父の跡を継ぐという手は最終手段として残っているが、まだまだ知識は中途半端。見聞を広げなければならないところなのに、この足で海外や辺境を歩くのは難しいだろう。

「……いかん。めっちゃ落ち込んできた」

いつまでもズルズルと引き摺《ず》らない、こざっぱりとした性格だったはずなのに、こうもウジウジ考えてしまうとは。

祖父の葬儀や陽都の世話などで仕事を休んでいた二人の姉は、明日から仕事を再開する。事故で心配を掛けたのだから、もう二度と心配を掛けたくない。

陽都は右手を伸ばしてランプの明かりを消して目を閉じた。

入院してる間に散々後ろを見たじゃないか。もういいだろ。前に進むしかないだろ。

子どもの頃は、よく骨董に囲まれて眠った。埃臭《ほこり》いような日向臭《ひなた》いような、骨董が持つ独特の匂いがなぜか好きで、安心できた。

あの頃の安心した匂いに誘われ、陽都は眠りに落ちていく。

誰かに頭を優しく撫《な》でられたような気がしたが、すぐに深い眠りに入った。

「よっしゃ、化粧のノリは最高。今夜は遅くなるけど、ご飯はうちで食べるから。ちゃんと私の分も作っておいてよね、花梨」

海音はシャツに麻のストール、下肢《かし》をぴったりと覆《おお》うパンツにヒールを履き、クラッチバッグをむんずと掴《つか》んで、最初に家を出た。

「相変わらずねぇ、海音ちゃんは。私は、今月いっぱいは夜間の『男の手料理教室』をお休みしてるから、早くて六時、遅くとも七時には帰ってくるわね。お昼ご飯は冷蔵庫に入ってるから、好きに食べて。じゃあ、行ってきます」

ロマンティックなレースがたくさん付いたワンピースを着た花梨は、資料が入った布バッグを斜めがけして、自分が経営している料理教室の事務所に向かった。

姉たちには家事のことは何も言われなかったが、一階の掃除ぐらいは一人でできる。

文明の利器である、埃取り用の布を取り付けたモップで拭けばいい。祖父が「本当に便利なものができたものだ」と、鼻歌を歌いながらいつも掃除していた。

ドアノブや窓の取っ手に使われている真鍮《しんちゅう》は柔らかな布で丁寧《ていねい》に拭く。時間のかかる仕事だが、研磨剤を使ってはならない。

立ったり座ったりがリハビリになるのだから、丁度《ちょうど》いい。

いきなり松葉杖を外すのには勇気がいるが、いずれは自分の足だけで歩くようになるのだ。

「痛くなって歩けなくなったら……取りあえず匍匐《ほふく》前進という手がある」

足を庇《かば》うようになったせいか、腕力が強くなった。だからどうにかなるだろう。

陽都は自分の椅子に松葉杖を置き、生まれたばかりの子鹿のように足をブルブルと震わせながら、必死に歩いて食堂のドアを開けた。

思っていたよりも、傷を負った右足に苦痛が走る。

「これから毎日リハビリだから……この痛みにも慣れなくちゃならないのは分かってるけど……ったくよーっ！　いってーなっ！」

腹立つ苦痛に、陽都は大声を上げた。

そのお陰で、少し気が楽になる。

俺は、誰にも心配されない時間がほしかったのかな……と、陽都はそんなことを思いながら、壁に両手を当ててゆっくりと歩いた。

目指すは、掃除用具の入った階段下の納戸だ。


食堂の掃除だけで、陽都の右足はギブアップした。

彼は今、食堂の隣にある応接室のソファに横たわって激痛と戦っている。

鎮痛剤はすでに飲んだが、効くにはまだ少しかかるだろう。

ちゃんとサポーターを巻いたんだけどなー。ギプスが外れて浮かれすぎたのか？　俺。

足の中からジンジンと湧き出る痛みに、ため息しか出てこない。

「痛い」と口に出すとますます痛くなりそうだったので、我慢する。

少し歩いただけでこのていたらく。

本格的なリハビリが始まったらどうなるのかと、陽都は病院のリハビリ室を思い出しながら、再びため息をついた。

俺は若いからリハビリだって簡単だとか思ってホント……すみませんでした！　リハビリしてるみなさん、頑張ってます。凄いです。リハビリを舐《な》めすぎた俺！　くっ、舐めてしまったからには舐められなければっ！

いろんなところから突っ込みが入りそうな謝罪を心の中でして、自分の情けなさに今度は悲しくなった。

と、そのとき。

コトン……と、何かが落ちた。正確には、何かが落ちた音を聞いた。

音は、開け放たれた扉の向こうから聞こえた。

ゆっくりと体を起こし、応接室の向こうを覗《のぞ》く。見えるのは、祖父の部屋のドアノブだ。

廊下にも骨董は積まれているが、人が触れない限り落ちるようなことはない。

気のせいかと思ったところに、今度はコトコトと何かが移動するような音が聞こえた。

陽都は、骨董の中には不思議なことをしでかす物もあると、祖父が言っていた言葉を思い出した。

陽都は、頭からオカルトを信じてはいなかったし、不思議体験もしたことがなかったので、「まあなんだ、そういうものなら仕方がない」と常々思っていた。

今のは確かに聞こえたぞ？　聞き間違いじゃなかった。しかも、祖父さんの部屋から聞こえてきた……っ！

陽都は表情を引き締め、左手で松葉杖を掴み、それを支えに立ち上がる。

死者の魂は四十九日まではこの世に留まると言う。

また、この屋敷にはひと財産あるということで、祖父は随分前から警備会社と契約しており、屋敷には外部からの侵入を探知するシステムが設置されていた。

いやいや、泥棒じゃないだろ。何か「いる」としたら、祖父さんだろ。

今まで屋敷の中で変異を感じたことのない陽都は、謎の音を即座に祖父と結びつけた。

あんなに骨董が好きだった祖父ならば、たとえ死んだあとでも、自分の部屋に戻ってお気に入りの骨董をニヤニヤと眺めるに違いない。そうあってほしい。

陽都は「よっしゃ」と小さな声を出して気を引き締め、祖父の部屋に向かって歩き出す。

右足はさっきよりも大分楽になっていた。

ゆっくり慎重に歩いて、ドアノブに右手を伸ばす。

いつものように、鍵はかかっていない。

ドアノブを回して静かに押し、そこにいるだろう「なにか」を驚かせないよう、部屋に入らず中を見渡す。

陽都の目の前に、金色の長い髪を持った男がいた。

しかも全裸だ。

「……俺、疲れてるのかな」

陽都は首を左右に振ってドアを閉める。

そして、祖父さんの部屋にあんなマネキンあったっけ？　と記憶を探った。

部屋は祖父が使っていたままで、年代物の机の上にはたくさんの書物が積み上げられ、書きかけのノートが幾つも重なっていた。

その間に、デッドストックやアンティークのアクセサリーやガラス細工が無造作に置かれて、カーテンの隙間《すきま》から入ってくる日光で幻想的に光っている。

お気に入りのベッドと枕はフランス製で、床に敷いてある花模様のラグはトルコ製だ。

ベッド横には日本製の古いランプが置かれ、一人掛けのソファはイギリス製。

姉の友人である専門雑誌のエディターが、祖父の部屋を「映画に出てくる考古学者の部屋みたい」と感想を漏《も》らし、許可を得た写真を雑誌に載せたところ、大反響があった。祖父は「お嬢さんが見に来るのはいいが、今後は撮影はなしだよ。買っておくれ」と言って、周りに苦笑された。

とにかく、壁紙から装飾品まで、祖父のお気に入りで埋めつくされた部屋の中に、あんな昨今のマネキンが置かれているはずがない。

しかもあのマネキンは細部が実に精巧にできていた。

陽都は、足は悪くしてしまったが、目に事故の後遺症が残ることはなく、とてもいい。

その素晴らしい視力で、全裸の金髪マネキンの下肢には立派な男性器が付いていることを確認してしまった。

「いやいや、だからアレは、俺の見間違いで……って、そんな変態マネキンを見ちゃうほど、俺は疲れてたってことか？　そんなのありかよ」

陽都は己に突っ込みを入れ、深呼吸してから再びドアを開ける。

「ほう。ようやく私に対する挨拶《あいさつ》の仕方を思い出したと見える。自分で言うのもなんだが、私は寛大《かんだい》だ。さあ、跪《ひざまず》いて許しを乞《こ》うがいい」

突然のおもしろ発言に、陽都は呆気《あっけ》に取られた。

反応が難しいが、この、目の前の全裸男は自分を「偉い」と思っているらしい。

「……あのな？　梅雨時だからって、そうそう頭の中がアレな感じに腐った露出狂の話は聞きたくない。どうやって入ったのか知らないが、今ならその全裸に免じて見逃してやるから出て行ってくれないか？」

腰に手を当てて威張っている金髪全裸男を刺激しないよう、陽都は冷静を保った。

「……は？」

「だから、出て行けと言っている。ここは大切な思い出の場所だ」

「私にとっても、思い出の場所なんだが」

キラキラと輝く金色の髪を右手で掻き上げ、金髪全裸が陽都を見つめた。

金髪に青い瞳に白い肌。言葉は今のところ完璧な日本語だが、見た限りでは欧米人。それも、信じられないくらい美しい。美しいだけではなく、同じ男性として腹が立つくらい均整の取れた立派な体格をしている。陽都の視線が上目づかいになるので、絶対に一八〇センチは超えているはずだ。

ああ、完璧な人間って本当にいるんだな。これで女子にもてなかったら、世界が間違ってるわー。

その変態全裸は、やけに優雅に振る舞いながらソファに腰を下ろした。

「え？　寛《くつろ》ぐなよっ！」

「よくもまあ、元気よく吠《ほ》える子犬だ。私と話をしたければ、まずはシャーイと菓子を用意するのだな」

「図々しいにも……っ…………え？　シャーイって……」

アラビア語でシャーイは「お茶」という意味だ。つまり目の前の男は、中東でよく飲まれているお茶を飲ませろと言っている。

グラスに濃いめの紅茶を注ぎ、そこに砂糖を山ほど入れて飲むが、これが浸みるほど甘い。熱いわ甘いわで、最初は閉口したが、それに慣れてくると、場所によってアレンジされているのが分かるようになった。

陽都も、祖父と一緒に中東を回ったときは何度も飲んだ。奢《おご》ったり奢られたりで、街角のカフェで雑談を楽しんだことも少なくない。

陽都は甘い飲み物は余り好きではないが、シャーイだけは特別だ。一口飲むだけで旅の思い出が蘇《よみがえ》る。そして、なんといっても祖父の大好物なのだ。

花梨や海音は「お祖父ちゃんの健康を考えて」と、薄目のシャーイを作ったが、陽都は現地で飲んだ濃さと甘さで作った。

「お前の作るシャーイが一番旨い」と祖父は笑顔で言い、「現地の仲間を思い出せるように」と、数杯分のシャーイが入ったティーポットとグラスを、いつも陽都に用意させた。

「早く支度をしろ。興一が入院してから今日まで、私はお前の旨いシャーイを飲んでおらん」

おいちょっと待て、金髪全裸……っ！

陽都は目をまん丸にして、ソファで踏《ふ》ん反《ぞ》り返っている男を見た。

「興一は……祖父さんの名だ」

「そうだとも。長年私の話し相手であったが、人の子故に寿命には逆らえなんだな。何度か寿命を延ばそうかという話になったのだが……あやつは聞き入れなかった」

なんかもの凄いことを淡々と語ってるんだが、こいつは一体……何者だ？　ただの不法侵入ではないようだ。全裸でここにいる理由はさっぱり分からないが、祖父と関係があるようなので、話は聞きたい。相手が大人《おとな》しいのも幸いだ。

「よ、よし……分かった。作ってやろうじゃないか。十五分程待てるか？」

「私を待たせるとは、なかなかの度胸だ」

男は小さく笑ってそう言った。

多分、この反応は「待ってやる」ということなんだろう。

陽都は軽く頷いて、ゆっくりと体を移動させる。

上手く動かない右足に男の視線を感じたが、気にせずに祖父の部屋を出た。

湯が沸騰《ふっとう》するまでにグラスを用意し、角砂糖の入った陶器をトレイに置き、茶葉をポットに無造作に入れる。このとき、ミントの葉を入れることを忘れない。沸騰した湯をポットに入れて、しばし待つとシャーイの出来上がりだ。

グラスに茶葉を入れたり、煮だしてから湯を注いで薄めたりと、作り方は地域によって違うが、陽都は茶葉とミントを合わせて熱湯を注ぐ方法を好んだ。

お茶うけは、祖父の友人が年に数回送ってくれる干しデーツ（ナツメヤシ）。

よし、準備は万端……と思ったところで気づいた。

「これ……どうやって持って行こうかな」

松葉杖を突いたままでは、グラスやポットを載せたトレイは持てない。

悩んでいるところに、いきなり背後から声を掛けられて、陽都は心底驚いた。

「用意は調《ととの》ったのだな」

「ちょっとお前……っ！」

テーブルを支えにして振り返ると、そこに全裸の変態はいなかった。

金髪男は白のトーブを着て優雅に立っている。まるで、少女漫画の登場人物のようだ。

そういえば姉さんたちが、「アラブ物なのに主役の男子が金髪碧眼《へきがん》なの。でもそれがいい！」と言ってたっけ。そうだよな。実際、向こうの人は黒髪で肌が浅黒い。それに髭《ひげ》だ。みんな髭を生やしてる。

いやいや、それにしても随分と似合っているな。どうせなら本格的に民俗衣装を着せてみようか。確か祖父の部屋に何着もあったはずだ。きっと見栄えするぞー。

……と、呑気なことを思っていた陽都は、ようやく我に返る。

「そのトーブ、見たことないんだけど」

「興一といるときに、着ろと言われていたのを思い出してな。トランクの中から引っ張り出したのだ」

「待て、待て待て！　混乱するから、まずは茶を飲みながらだ」

もし何かの用事で姉たちが戻ってきたら、彼の存在を説明できない。

だから陽都は、金髪男に「さっきの部屋に戻れ」と言った。

「シャーイはどうする」

「俺が…………あー……、俺はこの状態で持てないから、お前が持って行け」

「なんと！」

そんなに驚くことかよ。

心の中でサクッと突っ込みを入れると、金髪男は「私に下女の真似をせよと？」と憤慨《ふんがい》している。

「あいにく俺は、本格的にリハビリを始める前なんで、松葉杖がないとちゃんと歩けないんだよ！」

「そうだったな。この屋敷に来てからずっと見守っていたというのに、あのときは興一も入院しておって、私の力が及ばなかった。無念だ」

「なんでお前が無念なんだよ。俺の方がよっぽど無念だよ。リハビリして歩けるようになっても、もう無理はきかないんだ」

「分かっている。だから私が、お前に私の存在を気づかせようと物音を立てたのだ。存在に気づき、会い、これほど近くにいなければ、今の私はお前を助けることもできない。唯一の信者であった興一が身罷《みまか》ったので、随分と力が小さくなってしまった」

男はそう言うと、ティーポットに手を伸ばし、二つのグラスにシャーイを注ぐ。そして、角砂糖を三個入れて丁寧に掻き回す。

「随分と慣れてるじゃないか」

言っていることが怪しさむんむんなので、陽都は警戒したままだ。

「神にできぬことはない」

祖父さん……まったく分からなかったけど、祖父さんは宗教に入れ込んでたのか？　確かに教祖様はカリスマ的美貌を持ってると思う。お布施もめっちゃ集まっているような気もする。けど、こんなヤバイ男が教祖でいいのか？　やっぱ人間、外見も大事だけど中身も大事だろ？

陽都は心の中で、亡き祖父に淡々と問いかけた。

金髪男は勝手にダイニングの椅子に腰掛け、シャーイを飲む。

「旨いな、陽都」

「まあな。……なんで俺の名前を知ってんだ？　俺は宗教にはタッチしない。それはあくまで個人の自由」

「だからお前がここに来たときからずっと見守っていると、そう言っただろうが」

会話のキャッチボールができないと、こんなにもストレスがたまるものなのか。

陽都は眉間《みけん》に皺《しわ》を寄せ、手つかずのシャーイに角砂糖を二個入れて飲んだ。

「何者なんだよ。祖父さんの知り合いなら葬儀に出てるはずだ。だが俺は、お前を見てない」

「信者を失って、社《やしろ》であるこの屋敷から出られなくなった。……信者が多いと力も強くなる。奇跡も起こせよう。だが今の私にできることと言えば……」

金髪男は、グラスをテーブルに置いて立ち上がると、陽都と向き合う。

そしていきなり彼の前に膝を折り、両手で右足を掴んだ。

酷《ひど》い怪我をした場所だ。

陽都は恐怖と激痛を思い出し、声を上げるのも忘れて体を強《こわ》ばらせた。

「……へ？」

触れられている場所が急に熱くなったと思ったら、金髪男の両手が離れる。一分もあっただろうか。陽都は冷や汗を垂らして己の足を見つめ続けた。

「陽都。もしお前の足が、以前と変わらぬと分かったら、お前は私を神と敬《うやま》うか？」

金髪男が立ち上がり、偉そうに腕を組んで言う。

「俺の足は、杖なしでも歩けるようにはなる。だが跳んだり跳ねたり、走ることはできない。それは医者も認めたことだ。どこの新興宗教の教祖か知らないが、現代医学を舐め……」

陽都はそこまで言って口を閉ざした。

どうしよう、地味に続いていた痛みがなくなってる！　つか、足が軽い！

自分の体の変化に驚いた陽都は、視線をゆっくりと金髪男に向ける。

金髪男は、こっちが恥ずかしくなるような晴れやかな笑みを浮かべた。

「どういうことだ？　祖父さんは超能力者と友だちだったのか？」

だからといって全裸で現れた理由にはならないのだが、陽都は「だから変わってるのか」と、世界中の健全な超能力者さんたちに対して失礼なことを思う。

陽都は両手をテーブルから離し、杖に頼らずその場に立った。

そして慎重に、少しずつ右足に力を入れる。

掃除をしていたときのように、途中で激痛が走って脂汗《あぶらあせ》を掻くかもしれないと覚悟をしていたが、今はどれだけ力を入れても痛みはない。ほんの少しも痛くない。

陽都は自分の足と金髪男を交互に見つめ、左足を持ちあげて右足だけでバランスを取った。

激痛が走って床に転がるはずだ。こんなこと、できるはずがない。陽都の足はギプスが取れたばかりなのだ。

痛みがまったくないだって？　俺の足は……本当に治ったのか？

信じる方がどうかしていると思いつつも、陽都は金髪の男を見つめながら、その場で何度も飛び跳ねる。

「なんで痛くないんだよっ！」

喜びで心臓が高鳴り、思わず目尻に涙が浮かぶ。

ジャージを捲《まく》り上げてみると、右足の酷い傷痕まで跡形もなくなっていた。

「なんだこれすげえっ！」

陽都は天井に両手の拳《こぶし》を突きだして大声を上げる。

そして何度もぴょんぴょんと飛び跳ね、まったく痛みがないことを確認しながら、陽都は金髪男に勢いよく抱きついた。

「ありがとう！　本当にありがとうっ！　祖父さんに呼ばれてここに来たんだろ？　葬儀に間に合わなかっただけだよな？　ああもう！　俺はあんたの信者でもなんでもなってやる！」

「そうか。それはよかった。ではお前は、生涯私の傍《そば》で生きていけ。私の傍にいれば、何の問題もない。人生は安泰《あんたい》だ」

またなんか、話が嚙《か》み合わないような気がする。

陽都は笑顔で首で傾げた。

「一度婚礼を上げてもよいな。新婚旅行とやらで、私は故郷に一度帰ってみたい。見渡す限りの砂、熱風、キャラバン……」

「中東の人、なのか？」

「ん？　ああ……お前たちの世界では今はそう言われているな」

「じゃあ……なんで金髪碧眼の、どこから見ても欧米人なんだ？」

奇跡と疑惑で混乱した陽都は、金髪男を締め上げる勢いでトーブを掴んだ。

「太陽が光り輝かずしてどうする。空の瞳《ひとみ》を持っていなくてどうする」

「……は？」

「未だ信じられぬなら、いくつか奇跡を見せようか。信者を得た今ならば、力もうまく使えるだろう」

金髪男はそう言って右手をすっと上げたが、陽都がそれを慌《あわ》てて止めた。

「こ、これ以上、何かいいことが起きるなんて、割りが合わない！　そういうのは、プラマイゼロにできてるんだ！　あんたが本当に神とか言うなら、道理ぐらい分かるだろ！」

「まあ、大きな目で見れば間違ってはおらんが。大体、太古の神々に道理など通じんぞ？」

「けど、あんたには……通じた」

「それは私が、神々の頂点に立つ太陽の神格であるから」

「アマテラスって実は男子だったのか？」

「それは日本の神だ。私も何度か遭ったことがある。美しいおなごであった」

「へ？　ええと……ちょっと待ってくれ……」

陽都は、自分の知っている世界史の記憶を必死にたぐり寄せ、数名の太陽神の名を口にした。

「太陽を神格化させたものは、文明によって名前が違う」

「奇跡は信じたけど……あんたが太陽神ってのは……」

せめて「超能力者」なら、信じることができた。

そりゃそうだ。

いきなり現れた男が「私は神だ」と言っても、信じる方の頭がどうかしている。

「興一も最初はそう言っていた。だが私の神体を見れば納得するだろう」

ご神体、だと？　そんな凄い物があるのか？　俺が納得するって？　見せてみろ！

陽都は男を見つめ「早く見せろ」と言った。


再び祖父の部屋へと戻った陽都は、男が祖父のデスクの上、メモの山の下から置物をひょいと持ちあげるのを見ていた。

「美しい薔薇だろう？」

男の掌《てのひら》にスッポリと収まっていたのは、いわゆる七宝《しっぽう》の一つ「瑠璃《るり》」だ。ラピスラズリと言った方が「ああ」と頷く者が多い。

日本での産出はなく、全て海を渡ってやってくる。

空に星を散りばめたような細かく輝く内包物は黄鉄鉱だ。古代の装飾によく使用されている。

ラピスラズリを加工して作られた動植物は今までいくつも見てきたが、ここまで精巧なものは初めて見た。この鉱石は、あまり細かい細工に向いていないのだ。

なのに、男が掌に載せている薔薇の花びらは、本当の花びらのように繊細に彫られている。薔薇のいい香りまで漂ってきそうだ。

「これが、私の神体だ。今はこのありさまだが、以前は誇れる大きさだったのだぞ」

太古の昔だ。巨大なラピスラズリの塊《かたまり》が採掘されたとしたら、それは美しいだろうから然《しか》るべき場所に移されて崇《あが》め祀《まつ》られてもおかしくない。

陽都は、巨大なラピスラズリの塊が神殿に収められ、人々から崇められている様を想像した。

「凄く綺麗だ。細工師の腕が優れてなければ、こんな綺麗に彫れない。祖父さんはどこでこれを手に入れたんだろう」

直《じか》に触れるのはまずいだろうと思い、陽都はずいと顔を寄せ、瑠璃の薔薇を見つめた。

そして確信する。

祖父が言っていた青い薔薇は……………おそらく「これ」だと。

「輿一と出会ったのは、お前たちどころか、お前の親もまだ生まれる前のことだ。私の神体は、イスタンブールの古美術商の店に飾られていた。いや、忘れ去られていたと言った方がいいな、あれは。埃まみれだった。店の主は見る目がなかったのだ。でなければ、私の神体を格安で売ろうとするはずがない」

あー……カミサマ……格安だったんだー。

「ありえん」と憤慨する男を前に、陽都は心の中で「安物かー」と呟いた。

「興一は戦利品を眺めながら酒を飲むのが好きでな」

「ああ。俺もよくつき合った」

「私の出現のきっかけも酒だ。私は他の古道具と一緒に日本へ渡り……生まれて初めての飛行機だったが……そしてこの屋敷へやってきた。興一は酒の入ったグラスをテーブルに置こうとして、私の神体に酒を零《こぼ》した。何千年ぶりかの、しかも洗練された酒の味が嬉しくてな、つい、私が出現してしまった」

「……素っ裸でか?」

「ああ」

そりゃあ祖父さん、めちゃくちゃ驚いただろうな。

陽都は、自分も体験した驚愕《きょうがく》を思い出して、亡き祖父に同情する。

「そのときに『これを着ろ』と渡されたのが、この服だ」

「祖母ちゃんのことは……知ってる?」

「当然だ。彼女はお前よりも物わかりがよかったぞ? この私をすぐに神と信じてくれた。編み物が得意で、娘夫婦と子供たちの着るものをいつも編んでいたな」

……そうだとも。祖母ちゃんは編み物が大好きで、俺たち姉弟はセーターやマフラーを買ったことがない。流行《はや》りに合わせていろんな編み方ができる、お洒落《しゃれ》な祖母ちゃんだった。この男はそんなことまで知ってるのか。

しかし、ご神体を見せられても、家族しか知らないことを告げられても、「それって超能力でよくない？」と思う気持ちがまだ強い。

実際陽都は、彼が何者であろうと、自分の足を治してくれた恩人には違いないので、無下《むげ》にするつもりはこれっぽっちもないのだが。

「まだ私を神と認めんか、陽都」

「あんたは俺の足を治してくれた恩人だ。だから、その事実は信じる。祀れ崇めろというなら、俺ができる範囲でやるつもりだ。けどな……神様となるとなあ」

「この国は神と人間が密接だと聞いたが？」

男はラピスラズリの薔薇を慎重にデスクに置き、陽都に問う。

「神というか、万物には霊が宿るというか……アニミズムは生活に密着してるから、改まって考えたことなんかない」

「では今から考えろ。私は、お前が信仰する神だ」

「いや、そんな断言されても」

「埒《らち》があかんな」

男は苦笑を浮かべると、一度、手を叩《たた》いた。

次の瞬間、部屋に花びらが降ってくる。

淡い色をした花びらの雨。

何の花びらかなんて、日本人ならみんな分かるだろう。

桜、だ。

骨董で満たされた祖父の部屋に、桜の花びらが降り積もる。

ああ……なんて綺麗なんだろう……と、陽都はしばらく自分の体と骨董に降り積もる花びらを見つめた。

今はじめじめとした梅雨なのに、この部屋だけは春の優しい香りがする。

ノスタルジーを引き起こす淡い香りに、思わず涙ぐみそうになったところで、陽都は突如現実に戻った。

降り積もる花びらは美しいが……。

「これ、掃除するのは…………………俺かっ！」

陽都は自分に「俺以外の誰がいる」と突っ込みを入れた。

「掃除だと？　美しいではないか。日本人は桜の花を愛しているのだろう？」

「そりゃ花見も桜も好きだけど……いや、こういう趣向は個人的には嫌いじゃないけど、後々のことを考えると、なんというか……」

それに、埃と花びらを一緒にして捨てるのは、なんだか悲しい。

陽都はたくさんの桜の花びらを頭や肩につけたまま、「いい加減にしろ」と男を睨《にら》んだ。

すると男は、今度は手を二回叩く。

部屋中にあった桜の花びらが、一枚残らず消え失せた。

瞬《まばた》きする間もない。

陽都は無言で、己の頬を強く引っ張った。

痛い。

寝てない。ちゃんと起きている。

「今のは？」

「お前が掃除をしなくともいいように、全て消した」

「え？　いや、おい、消したって……？　消した？」

「これが神の力の、ごくごく一部だ。神にとっては児戯《じぎ》にも等しいが、人間に対する説得力にはなる」

確かに。

超能力で済ますにはいろいろと無理がある。いや、無理なら最初からあった。リハビリしてもちゃんと歩くことができない足が、超能力とやらで治るはずはない。

理性は否定しているが、本能は認めている。

今まで祖父と一緒に世界を巡り、様々なものを見た。様々な人に会った。真贋入り乱れたバザールの中、騙《だま》す者と騙される者、嘘を見抜く者を星の数ほど見てきた。祖父も時折贋物《にせもの》を掴まされて、悔しそうに唸《うな》っていた。そして陽都は、祖父が唸った十倍も唸ることになった。

おかげさまで目が肥えた。

その、肥えた目で目の前の男を見つめる。

陽都の目の前にいる、この美しい男は「神」なのだ。

もう否定できない。

「……その、神様が……祖父さんの部屋にずっといたのか」

「そういうことだ。ようやく信じたか。これからは私をきちんと敬うのだぞ？　太陽の機嫌を損ねると、人間は困るのだからな。酒は欠かさずにな？　なんなら、一升瓶をここに置いていってもいい」

「あの」

「ん？　どうした？」

「……祖父さんの通夜と葬儀のとき………天気にしてくれたのはあんたか？」

突然の快晴は、祖父の人徳と言われた。

陽都もそうだろうと思っていた。

しかし今、目の前に「太陽神」を名乗る男がいる。

「興一は私のよき話し相手であった。彼を見送るのに、私がおらんでどうする」

男は、それが当然とでも言うように偉そうに微笑《ほほえ》んだ。

「そっか。ありがとう。きっと祖父さんも喜んだと思う」

「喜んでいたぞ。もう意思の疎通《そつう》はできんが、時折骨董を愛《め》でている」

人の魂は四十九日まで現世に留まると言われるが、陽都は、まさかその事実を今聞かされるとは思ってなかった。

「え、マジか？」

「神は嘘などつかんぞ。というか、つけん」

「死んだ後まで骨董を見てるなんて、祖父さんらしいや」

「まったくだ」

二人は顔を見合わせて小さく笑う。

「あんたは……ずっとここにいるのか？」

陽都がそう尋《たず》ねると、男は呆《あき》れ顔で肩を竦《すく》めた。

「ここに神体がある。この屋敷はすでに私の社だ。出て行く理由がない。さあ思う存分祀るがいい」

「あ、あの……もう一つ、いいか？」

「疑り深い信者だな」

「いや、そうじゃなくて……あんたの手、触ってもいいかな？」

「私は信者には寛大だ。畏《おそ》れ多いこの手に触れるがいい」

陽都は、男が差し出した手を両手でそっと掴む。

人の形をした幻ではない。温かな人の手だ。関節の皺も爪もある。

これもいわゆる「神の奇跡」なのか。

「神様は……その、アレか？　人間の形をしてるときは、人間と同じものを食べたり飲んだりするのか？」

陽都は男の右手を握り締めたまま、矢継ぎ早に質問する。

ずっとここで暮らすなら、衣食住の話は必要だ。

「誠心誠意祀られていた頃は、酒以外の人間の食事にさほど興味はなかったが……今は違うぞ。この国の料理は美味だな。酒も素晴らしい。特に日本酒。私は日本酒が一番好きだ。この屋敷には、素晴らしい腕を持つおなごがいるだろう？　お前の姉の一人。たしか、花梨と言ったな。これからが楽しみでならん」

キラキラと輝く笑顔を見せる男に、陽都は「本当に……何でも知ってるんだな」と呟いた。

「知っているだけで何もしておらん。お前たちは私の信者ではなかったからな。だが今は違う。私は、今までのように見守るだけでなく『信者のお前』を守っていこう」

「神様って……人間が願ってから願いを叶《かな》えるもんじゃないか？」

「は？」

男は眉間に皺を寄せ「願いを叶えるだと？」と不機嫌な声を出す。

「神様ってのはそういうもんだろ。だからみんな参拝に行くんだ」

「恐れ敬われてこそ神だろう。なぜいちいち人間の願いを聞く必要がある？　願うなら、少なくとも、家畜や生娘《きむすめ》の生贄《いけにえ》を捧げてからだろうが」

なんだよこの神さまは……。

陽都は心の中で突っ込みを入れる。

「ああ忘れていた。今の世界に生贄は存在しないのだったな」

「思い出してくれて幸いだ。多分、祖父さんからいろいろ聞いてると思うけどさ」

「荒ぶる神の話はなかなか楽しかった。私も昔は、何度か荒ぶってみたことがある。太陽という手前、禍々《まがまが》しいことはできなかったが」

それやったら祟《たた》り神ですから。太陽が祟るって日照りか？　日照りしかないだろ。最悪だ。

陽都はまたしても心の中で突っ込みを入れ、微妙な表情を浮かべた。

「日本では私は客のようなものだからな。アマテラスがいる手前、天変地異は起こせん」

「起こすなよ。やめろよマジで」

アマテラス、まじアマテラス様……っ！

陽都は輝く女神に、心の中で頭を下げる。

「お前にそんなしかめっ面をされてはかなわん。笑え。……神体が立派であった頃ならいざ知らず、今のこのありさまでは、たった一人の信者を守ることでしか己を保てん私に、微笑みを献上しろ」

「無料の微笑みでいいなら、いくらでも。大体あんたは……」

陽都は台詞《せりふ》の途中で口を噤《つぐ》んだ。

八百万《やおよろず》と言うように、日本には数え切れないほどの神がいて、その神には全て名前が付いている。祖父から古事記や日本書紀を薦められたときも、神々の長い名前を覚えるのに苦労した。

そう、名前。

目の前にいる男が神なら、名前があるはずだ。

どんなに太古だろうと、太陽は信仰の対象トップと言っても過言ではない。むしろ、文字が発達する前の文明であれば、空を見上げればそこに光り輝く太陽はわかりやすい信仰の対象になっただろう。今は失われた文明でも、太陽の絵文字や壁画はたくさん残されている。

「名前……あるんだろう？　だったらそれを教えてくれ。俺だって、神様を『あんた』と呼ぶのは気が引ける」

すると男は、微笑したまま首を左右に振った。

「名前がないのか？」

「いや、かつては存在した。だがその文明も文字も無くなって久しい。それに……」

「だったらさ、俺が名前を考えてやる！　足を治してもらったし！」

「私の信者になっただけで十分だ」

「だから！　俺はあんたに名前を奉納してやる！　な？」

「いらんいらんいらん」

理由も無く否定されると俄然《がぜん》燃える。

陽都は、「必要ない」と言い続ける男を無視した。

「本当にいらんぞ、名前など！」

「俺は必要だと思う。ちょっと黙って神様」

「私に向かって黙れだと？　生意気な信者だな！」

「静かにしてくれ、神様」

本物の神なのだ。名前はあった方がいい。俺の足を完璧に治してくれた神様なのだから、真剣に考えて……。

カタカナ名前では、もしかしたらどこかの神様と被ってしまう恐れがある。慎重に決めなければ。それとも、ここは日本なのだから日本名もありなのではないか……と、陽都は真顔で考える。

「名前などあったところで」

「決めた！」

唇を尖《とが》らせてブツブツと文句を言う男の前で、陽都が大声を出した。

「みなづき」

陽都は祖父のデスクからメモ用紙と万年筆を取り、「水無月《みなづき》」と書く。

「太陽神だから水がないと?」

「漢字が読めるのか? 凄いな神様ってヤツは。……あのな水無月の『無』は、存在しないって意味じゃない。なになにのって意味になる。つまり、水無月は水の月」

「……太陽神なのに、名前に水がつくのか?」

最初は嫌がっていたはずの神様は、興味津々《しんしん》という表情を浮かべた。

「太陽と水って、空からの恵みだろ? カッコイイじゃないか。それに六月だし」

「……ふむ」

「だから俺は、神様に、『水無月』の名を奉納する」

陽都は、自分の足を治してくれた神に感謝しながら両手を合わせ、頭を垂れる。

「とんでもないことをしてくれたな、陽都。神に名を奉納するだと?」

「……気に入らなかったのか?」

陽都は顔を上げ、「せっかく考えたのに」と付け足す。

「いや、まあ……なかなか面白い。晴天と雨天は背中合わせのようなものだからな。しかし、たかだか数十年しか生きていない人間に名を奉納されるとは思わなかった。神に『名』をつけて縛り付けるとは」

「え?」

それはいったい……どこの契約ですか。何の契約ですか。太古の神ってそういうもんなんですか？

陽都は頭の中が疑問符でいっぱいになったが、どれを先に尋ねればよいか分からずに口を閉ざした。

「神とは本来、人間一人を守護するようにはできておらんのだ。……が、神体がこんな小さくなってしまった私には丁度よいのかもしれん。小さな神体にたった一人の信者。よい、私は今より水無月と名乗ろう」

そう宣言した神の体が、一瞬金色に光り輝き、すぐさま元に戻る。

「私は生涯、お前を守ろう。神は誓いを破る術《すべ》を知らんから安心するがいい」

太古の神様……水無月が、陽都にニッコリと笑いかけた。

そこまではよかった。

気がつくと陽都は、水無月に抱き締められていたのだ。

「なんで？　意味が分かんないぞ！」

「私はお前だけの神なのだ。だからこう……もっと親密になってやろうと思ってな」

「俺は男だし、神様も男じゃないか！　大体そういう精力的な神様は女子にモーション掛けるだろ女子に！」

「何を言うか。私に禁忌《きんき》など存在しない」

ああしまった！　この人は太古の神様だったっ！

近代に出来上がった性的モラルは、太古の神には通用しないのだ。

「つき合いの長かった興一ですら、私が『名はいらん』ときつく言ったら引き下がったというのに、お前は逆だった。そういう強引なところは、私は嫌いではないぞ」

「そう言ってくれるのは嬉しいが……俺は男よりも女の子の方が好きだ」

「快楽を享受《きょうじゅ》してしまえば、そんな些細《ささい》なことは気にしなくなる」

「その些細なことが大事なんだって！　なんなら俺が、近代のモラルをじっくりと教えてやってもいいぞ！　まずは離せっ！」

もがけばもがくほど強く抱き締められて、陽都は息が苦しくなる。

「この馬鹿力……っ！　俺が窒息死したら、あんたは大事な信者を亡くすんだぞっ！」

「あ」

ようやく気づいたのか、水無月は腕の力を緩《ゆる》めた。だが陽都は離してもらえない。

「人間にこうして触れるのは数千年ぶりなのだ。許せ」

「そりゃ随分と昔だな」

「しかし、欲望を満たす行為というものは、いつの世も変わらん。愛すべき形式と言おう」

「そうだな。……でも俺は、神様とどうこうなろうなんて少しも思ってないから」

言った途端、水無月が悲しそうな表情を浮かべる。美形のそういう顔は、見ているこっちのダメージも大きい。

陽都は自分が水無月に酷いことをしたような気持ちになってしまった。非常に後ろめたい。

「信仰する者のいなくなった太古の神とは、触れ合いたくないと？　たった一人の信者にも見捨てられるのか？　私は」

「誰も見捨てるなんて言ってないだろ。ただ俺は、神様といえども、男同士でどうこうするのは勘弁してくれと言ってるだけで」

「可愛い信者を可愛がって何が悪い？」

「……じゃあ水無月は、俺を好きなのか？　一目惚《ぼ》れっていうこともあるから……もしそうなら、俺も少しは考えてみても……」

「年若い信者は本当に数千年ぶりだから、私は潤《うるお》いたい」

「なんだよそれっ！　素直すぎるぞ、エロ神！」

「何を言う。神と性行為は切っても切れない深い仲だ」

真面目に考えちゃった俺のバカッ！

陽都は心の中で突っ込みを入れ、眉間に皺を寄せた。

「……信者なら、喜んで私に身を捧げろ」

「だからそれはちょっと違う！」

大声を上げた次の瞬間、陽都は水無月にキスされていた。

ぐいと腰を持ちあげられ、つま先立ちになる。

尊大な言動の神だから、さぞかし乱暴に扱われるのだろうと思っていた陽都は、水無月の舌の動きが意外にも優しくて驚いた。

「は……っ、ぁ」

陽都の知っているキスは、唇を押しつけるだけのもの。こんなふうに、口腔《こうこう》を愛撫《あいぶ》しながら舌を絡《から》めるものではない。

だから、キスがこんなに気持ちいいなんて初めて知った。

「おなごを知らぬ信者とは、なんと素晴らしい」

水無月は嬉しそうに目を細め、「唯一の信者が清い。私は感無量」と感想を言う。

「や、やめろ」

今まで必死にはぐらかしてきた事実が、まさかここでさらけ出されるとは。いや、相手は神だからこそ、バレてしまっても当然なのかもしれない。

陽都は、言葉の刃に心を滅多刺《めったざ》しにされながら、「唯一の信者なんだから気を使え」と悪態《あくたい》をつく。

「私は何か悪いことを言ったか？　穢《けが》れを知らぬことは重要だ。生贄は常に処女童貞であった。奉納される獣も子を産んでいない若い雌《めす》ばかりだったぞ？」

太古の話はもういいです。というか俺……ダメージくらい過ぎて死にそうなんだけど。穢れを知りたかったんですって！

陽都は、キスで濡《ぬ》れた唇を手の甲で乱暴に拭《ぬぐ》い、首を左右に振った。

「今の人間の世界では、処女はともかく童貞は……俺ぐらいの年だと、かなり恥ずかしい」

「いつまでも子ども扱いされるということか。安心しろ陽都。お前は私から見たら赤子のようなものだ。恥ずかしがることはない」

「その赤子みたいな年の差の俺に、迫ってんじゃないっ！」

「比喩《ひゆ》を本気に取るな。せっかく慰《なぐさ》めてやったというのに。とにかく私に、穢れを知らぬ若い信者を堪能《たんのう》させろ」

「身も蓋《ふた》もないこと言うなよっ！　エロ神！」

真顔で「やらせろ」と言われるとは思わなかった。

確かに水無月は恩人であるし、信者にもなった。だが己の操《みさお》を捧げるかどうかは話が別だ。

「ちゃんと神様やってたときは……こんなことばっかりしてたのかよ……っ」

「いや」

「へ？」

「あー………」

「生贄は、神前で息絶えるものだ」

「だから生の生贄は初めてで嬉しい」

「信者を生贄にすんなっ！」

陽都は水無月の長い髪を両手で掴み、「たった一人の信者を殺す気か？　おい！」と、逆に詰め寄る。

おもむろに掴んだ金色の髪が、柔らかくて指触りがいいことは今は無視した。

「大事な信者を死なさずに愛でたい。そして潤いたい。大事だよ、とても大事だから、一緒に潤わないか？」

水無月の両手が、陽都の頬をそっと包み込む。

空色の綺麗な瞳の中に、複雑な表情を浮かべた自分の顔が見えて、陽都は顔を赤くした。

「相手は神様……だしな。そこまでお願いされたら……」

「願うのは人間だぞ、陽都」

水無月の声が笑っていた。

顔がだんだん近づいてきて、またキスをされるのだ。神様のキスは「さすがは神様」と納得するほどの気持ちよさがある。

唇が触れて、またさっきと同じように口腔を愛撫される。それと同時に、水無月の右手が陽都の下肢に触れ、動き出した。

神様にお願いされて、こういうことをしてるだけだから仕方ないと、己の心に言い聞かせているはずなのに、陽都の体は水無月の指に素直に感じている。

太古の神は指先が器用なのか、それともこの神だけが特別にいやらしいのか、巧みな指使いに、陽都は気がついたら水無月に縋《すが》り付いていた。

ジャージは下着ごと太腿《ふともも》まで下ろされ、右手で陰茎の先端を執拗《しつよう》に嬲《なぶ》られ、左手で尻を揉《も》まれる。他人の指に触れられると途方もなく恥ずかしいが、それに比例して快感が増す。

「あ、こんな……、こんなことって……っ」

キスを続けることができずに、陽都は顔を背《そむ》けて掠《かす》れ声を上げた。

「初《うぶ》な体では、この程度の手淫《しゅいん》でも辛いものか？」

「誰かに触られたこと……ないし……っ」

陽都は律儀に答えてから後悔した。

水無月が「そうだったな」と、とても嬉しそうに頷いたのだ。

「ひゃっ、あ、あ、ああっ！　いきなり、強く扱《しご》くなよぉ！」

扱かれるたびに先走りが飛び散り、腰を引こうとしたら、今度は後孔に指が入ってきた。

「あっ！　もう少し優しくしろよぉ……っ……俺は水無月の信者なんだぞ……っ」

「優しくしているつもりだが？　体の力を抜いて、私に任せておけ」

「あ、あ……っ、もっ、そんな、両方いっぺんにいじられたら……っ、俺っもうっ」

尻を叩くような音を立てて水無月の指が陽都の後孔を突き上げ、先走りでトロトロになった陰茎にまで刺激を与える。

陽都は、生まれて初めての激しい快感に包まれ、水無月の名を呼びながら腰を揺らした。

「よい声だな、陽都。お前の声は私の耳を潤す」

「水無月……っ、俺……もう出る……っ」

「許す。果てるときの顔を私に見せろ」

そんなの無理……っ。

陽都は水無月の肩に額を押しつけたまま、下肢を震わせて果てた。

射精の快感に、満足の吐息が漏れる。

と、精液で濡れた手で顎《あご》を掴まれ、上を向かされた。

「とろけた顔をしおって。そんなによかったか？」

陽都は頬を染めて、それでも、顎を掴まれたまま小さく頷く。

「正直でよろしい。どれ、私も一つ、お前がどれだけ感じていたか確認するとしよう」

「え……？　何？」

陽都はわけが分からぬまま水無月に抱き上げられ、デスクに座らされた。

「おい、座るならソファが………っ！」

水無月が、陽都の股間に顔を埋めて吐精で濡れた陰茎を丁寧に舐め始める。

「く、はっ……あ、あぁぁっ」

射精したばかりの敏感な陰茎を舌先で舐められ、鈴口にたまっていた残滓《ざんし》を吸い出される。

その、目もくらむ快感に、陽都はのけぞって足をだらしなく広げた。

「だ、だめ。だめそこ舐めるな！　初めてなんだから、俺初めてなんだから！　やだ、やだよ……っ……恥ずかしい……っ」

腰が浮くくらい気持ちよくてたまらない。

それと同時に、残滓を舐め取られる行為が泣きたくなるほど恥ずかしい。

「身悶《みもだ》え方も初々しくてよい。それに、お前がどれだけ感じていたのか、よく分かった」

「そ、そんなん……俺に言わなくても……いい」

いつまでも急所を晒《さら》しておくのが恥ずかしくて、陽都は両手で股間を隠す。

「もう一つ。これはとても大事なことなので言っておく。お前の体液は美味である」

「へ……？」

何を言ってるんだ？　このエロ神様は……。

陽都は涙目で水無月を睨んだ。

「私とお前は相性がいいということだ。そうだな、こんな美味な体液は初めてかもしれん。今までの生贄はここまで旨くなかった」

「もしかして……御神体は生贄を捧げられるたびにスプラッター状態だったのか……？」

「だから言ったであろう？　私の前では、生贄は息絶えていると」

失われた文明の中には、儀式のたびに生贄を用意して神に捧げるものもあったのだろう。

陽都は、自分の横に置いてある青い薔薇の神体を、感慨深く見つめた。

「それでは陽都。今度は契《ちぎ》りを交わそうか」

「もうすでに俺はあんたの信者ですが」

「私はもう少し潤いたい」

「そこまでする覚悟は俺にはまだない」

多分、絶対に、いや確実に、水無月とがっつりセックスをしたら気持ちがいいだろう。だが、いくら相手は神様と言っても、尻に突っ込まれるという行為はハードルが高い。男としての矜持《きょうじ》もある。それに、尻に突っ込まれたあとの、己の心境は想像したくない。

陽都は「信者でもできないことはあるんだ」と言って、水無月から顔を背けた。

「ふむ、それもそうだ。性急すぎてはいかんな」

てっきり図々しくお願いしてくると思っていたが、これは意外だ。

「その、なんだ、代わりと言っては満たされないだろうが……俺が手で抜いてやる」

同じ男として（神と言えど水無月は男性体なので）我慢を続けるのは体に悪いし、辛い。

だから陽都は、最大限の譲歩をした。

「は！　神の一物を慰めると？　神殿の巫女《みこ》のようだな、お前は。愛らしいぞ」

「潤うっつーか、スッキリしたいだろ？　だからほら！」

「いやいや、信者の献身の気持ちで私は十分潤った」

水無月は笑顔で腹をポンポンと叩くと、さっきまで随分とご立派に自己主張していた下肢がすっかり大人しくなった。

「神様って……奴は……っ！」

気持ちが伝わるなら、別に俺にあれこれしなくてもよかったんじゃないか？　ちょっと意地が悪いぞ。

なんてことは心の中でだけ言って、陽都は「そうか」と頷く。

「ったらアレだな、まずは着替えよう。トーブ一枚って格好はよくない。うちには姉が二人もいるんだ」

「……これとて仕方なく着ていると言うのに、この時代の服に着替えろと？」

「黙れ裸族。信者が現代の服を奉納するから着替えろ」

心底嫌そうな顔をする水無月に、陽都は容赦《ようしゃ》ない言葉を掛けた。


水無月の方が陽都よりも身長が高く、体つきも欧米人なので、着替えには少々手こずったが、どうにか女性の前に出ても恥ずかしくない格好になった。

「結局は……アラビアのロレンスか」

収縮性のある下着は、陽都の買い置きでどうにかなったが、それ以外はトーブとズボンでなければ、水無月の体には合わなかった。

足元は、スリッパ代わりのバブーシュを履いてもらった。

これで頭にスカーフを巻いたら、金髪碧眼だけど中東の王子様だ。

「ふむ。なかなか煌《きら》びやかでよろしい」

トーブの襟《えり》と袖には金糸で刺繍《ししゅう》がしてある。観光客向けに作られた「なんちゃってトーブ」だが、キラキラしい水無月にはよく似合っていた。

「俺は今から洗濯物を取り込んでくるから、水無月はここでのんびりしていてくれ」

「私を一人にするとは不届きな信者だな」

「じゃあ、一緒に洗濯物を取り込む？」

「神は労働はせん。横で応援してやろう」

なんだよそれ。

真顔で言う水無月に笑いながら、陽都は彼を連れて裏庭に出た。

松葉杖を使わずに普通に歩けるのが、本当に嬉しい。

「陽都ーただいまー。奇跡的に仕事が早く終わったわー」

「私も。神がかり的な早さで仕事が終わってびっくりした」

玄関で双子の姉が大きな声を出す。

時間はまだ午後七時にもなっていなかった。

「ああ、二人ともお帰り。ホントに早かったな。取りあえず、掃除と洗濯は済ませておいた」

陽都は玄関まで走り、二人の姉を笑顔で出迎える。

すると姉二人の目がまん丸になり、ぴたりと動きが止まった。

次の瞬間。

姉たちは解読不明の悲鳴を上げ、土足のまま駆け上がって陽都の体を乱暴に叩き出す。

「ちょっと！　何が起きたのよおぉぉぉっ！」

「杖ない！　杖ない！」

「うわあああああん！」

花梨はいきなり海音を殴り、海音も花梨を殴り返す。

お互い女子なので顔は狙わずボディーだが、二人は何度か殴り合ってから、再び陽都に視線を向けた。

「夢じゃないっ！　陽都が普通に歩いてる！」

「夢じゃないっ！　走ってたっ！」

相変わらずアクションが激しい姉たちだ……と心の中でこっそり呟いてから、陽都は笑顔で頷いた。

「おう。この通りだ。少しも痛くない。……その件で、是非とも姉さんたちに会ってほしい人がいるんだが」

「奇跡を起こした医師かっ！　黒いマントを着てる無免許医かっ！」

「一体何千万の治療費を吹っかけられたの？　いや、今なら億単位っ！」

「相変わらずの面白い突っ込みだけど……とにかく会ってくれ。あと金銭は請求されてない」

陽都が冷静に言い返すと、姉たちは「嬉しすぎてノッてしまった」と笑い、涙ぐむ。

「応接間にいるからさ」

姉たちの性格は把握しているので、掴みは問題ないだろうと、陽都は応接室のドアを開けた。


水無月は、中東の民族衣装を着てソファに腰を下ろしていた。微笑まで浮かべている。

トーブの上に着ている上着も観光客用のギラギラ装飾だが、神様の容姿がゴージャスなので少しも負けていない。

「王子様がいるわ」

花梨が呟いた。

「夢にしか出て来ないような王子様だわー」

海音は感嘆のため息をついた。

「日本語が通じるわけないわよね？　お祖父ちゃんの知り合い？　それともあなたの知り合い？　アラビア語は分からないから通訳してよ陽都」

花梨はうっとりと水無月を見つめたまま、陽都に頼む。

「日本語で大丈夫。彼は水無月と言って……」

陽都が説明する前に、水無月が優雅に立ち上がり、二人の姉の元へ向かった。

「陽都の姉は二人とも美しいな。眼福だ」

俺が説明するまで黙ってろって言ったじゃないか！

陽都は心の中で怒鳴るが、二人の姉は嬉しそうに微笑んでいる。

「私の名は水無月。陽都が奉納してくれた名だ」

奉納の言葉に、姉たちの眉間に僅《わず》かに皺が寄った。

だがその皺はすぐに消えて無くなる。きっと、日本語の使い方を間違えたのだと思ったのだろう。

「私は興一と共に日本へやってきた。今はもう存在しない太古の文明で祀られていた神だ」

姉たちが笑顔で一歩後退《あとずさ》る。

さもありなん。人として正しい行動だ。

「……だから、俺がちゃんと説明するまで黙ってろって言ったじゃないか！」

「麗人《れいじん》を前にして沈黙を通すほど、私は無粋《ぶすい》な神ではない」

「でも狂暴なんだぞ！」

「『黙りなさい弟』」

姉たちはこういうときだけ双子らしく、声を揃《そろ》える。

陽都は鋭い姉の声にすぐさま黙った。

「水無月さん。外見だけなら最高なのだけれど……あなたは一体何者？　陽都とどういう関係なのかしら？」

クールな海音がクールに問う。

「お前たちが生まれる前から、私はこの屋敷を見守っていた。ここは私の社だ。そして、陽都の足を治療したのも私だ。興一が入院して私の力も弱まっていたのでな、事故のときは助けられなんだ。興一が死んでしまってからは彼の部屋から出ることもできなかった。今日ようやく、陽都が私の存在に気づいてくれたおかげで治療ができた。……遅くなって申し訳ない」

陽都相手のときは随分と押せ押せだったが、今の水無月は随分と行儀がいい。実に神様らしい威厳がある。

「ホント！　本当だから！　水無月が俺の足に触ったら、元通りになったんだ！」

陽都はその場で何度もジャンプして、右足が無事なことを姉たちに知らせた。

「あの……ごめんなさい。陽都の足が治ったという事実は受け止められるんだけど……あなたが神というのは、ちょっと……」

花梨は、陽都と水無月を交互に見つめてため息をつく。

「そうだろうとも。陽都も最初はまったく信じなかった」

そして水無月はとろけるような笑みを浮かべ、花梨に「行きたい場所へ連れて行こう」と言った。

陽都は「アレか。俺に花びらを見せたみたいなことをするのか」と思っていたが、今回はそれよりもスケールが大きかった。

瞬きする間に、応接間の風景が変わる。

この巨大な噴水はテレビで見たことがある。トレヴィの泉だ。

「え！」

陽都は目を丸くしたが、双子の姉も同じくらい驚いた。それだけではない。現地の人間も、突如《とつじょ》現れた東洋人たちに悲鳴を上げたのだ。

「おい！　水無月！」

「花梨が行きたいと思っていた場所に連れて来てやったまでのこと」

「そうじゃなく！　こんな凄いことまでできるのか？」

「信者との繋《つな》がりが密になったのだ。この程度で驚かれても困る」

水無月は平然と言うが、周りはもうパニックだ。イタリア語はよく分からないが、ニュアンスで「どこからきた」「なんでいきなり現れた」と怒鳴られているのは分かる。

携帯端末で写真を撮り出す者まで現れ、これには陽都が焦《あせ》った。

「写真が証拠として残ったら、いろいろヤバイ」

それこそ「超能力」と勘違いされたら、水無月だけでなく佐々倉姉弟の危機だ。

「狼狽《うろた》えるな、陽都」

水無月が周囲をひと睨みすると、小さな破裂音が至るところで上がった。よく見ると、携帯端末から煙が出ている。

「も、もう十分よ。全員の携帯を弁償するわけにはいかないから、早く家に戻して」

花梨が引きつった笑顔で、水無月にお願いした。

そして、またしても瞬きを一度するかしないかの時間で、景色が応接間になった。

「トリックというにはあまりにも壮大で、超能力というには現実離れ。やっぱり、神様っていうのが妥当なのかしら」

海音が腕を組んで首をひねる。

「そうね。陽都の足を治してくれたのは事実だし」

医師から「何度手術をしても元には戻らない」と懇切丁寧《こんせつていねい》に説明を受けた。その足が治っているという奇跡は「事実」だ。

そして姉たちは、陽都のようにあれこれと難癖をつけることなく、水無月を即座に「神認定」した。トレヴィの泉が効いたのかもしれない。

「ちょっと今は気持ちが落ち着いてないけれど、姉として感謝させて。陽都の足を治してくれて、本当にありがとう」

花梨が頭を垂れ、海音もそれに続く。

「私は当然のことをしたまでのこと」

「あらご謙遜《けんそん》。……ところで水無月さんは、なんの神様なのかしら？　太古は多神教が多かったんでしょう？」

「私もそれを知りたいわ」

花梨は一歩前に出て、水無月を見上げた。海音も彼に近づく。

変人指定から神認定に変わった途端、彼女たちにとって目の前にいるのは「美形の神様」だ。いろんな意味でお近づきになりたいに違いない。

「見て分からんとは面白い。私は太陽の神格だ」

「「もしかして、お祖父ちゃんの葬儀の天気は……」」

双子の姉がハモる。水無月が頷く。

彼女たちは両手で胸を押さえ、見つめ合ってゆっくりと頷いた。

「神様だわ。認めるわ、神様だわあなた」

「お祖父ちゃんの葬儀は、本当に神がかっていたのね」

花梨と海音は、水無月に手を合わせて拝む。

「ふふ。麗しの双子よ、気に入った。私の信者になるがいい」

え……？　俺が唯一の信者じゃないのか？　なんで？　そりゃあ信者が増えた方が神様的には嬉しいだろうけど、なんか、納得し辛い。

陽都は複雑な表情で水無月と姉たちを見守る。

「古代の太陽神はロマンだわ。それにやっぱり美形ってのがステキ。ところで、信者になったら何かメリットはあるのかしら？」

ちょっぴり聞き辛いことを海音はさらりと尋ねた。

「この世に太陽神が存在する限り、信者が増えれば増えるだけ私の力は強くなる。つまり、この社に住むお前たちを災厄から守れるということだ」

「分かった。新しい保険に入るのをやめて、水無月さんの信者になるわ。陽都の怪我を治してくれたお礼も兼ねて」

実に海音らしい発言に、花梨は笑いながら「私も信者になるわ」と手を上げる。

「ふむ。愛らしい陽都と麗しの双子の三人が信者となったか。これはありがたい」

「では私は、今から夕飯の支度に入ります。うちの神様に私の料理を奉納するわね」

花梨は笑顔でそう言うと、スキップをしながら食堂へ向かった。

「奉納か……。そうね、では私は、水無月さんにばっちり似合う洋服を奉納するわ。今の格好もステキだけど、それで外を出歩かれたら、コスプレと間違えられちゃうし」

海音はうんうんと頷いた。

それは本当にありがたい。センスのいい海音が選んだ服なら安心だ。

陽都は海音に「ありがとう」と言って頭を下げた。


久しぶりに「四人」で食卓を囲み、いつも以上に話に花が咲いた。

花梨と海音は、水無月に祖父との繋がりや神として祀られていた頃の話をせがみ、水無月も酒を飲んで饒舌《じょうぜつ》になった。

陽都ももちろん楽しかったが、水無月が姉二人を信者に勧誘したことが引っかかっていた。

自分だけの神様だと思っていたのに……と女々《めめ》しい自分に嫌気が差しながらも、奇妙な独占欲が働いてしまう。

「……それにしても、我が弟ながら『水無月』とは考えたわ。神様に名前を付けるなんて畏れ多いってのに、気にせず付けちゃうんだもの」

海音が、水無月のグラスにワインを注ぎながら感心していた。

「でもステキよね。キラキラしていて。名は体を表すって感じ。ああ、美形が家にいるって素晴らしいわ」

花梨は、牛肉とパプリカのエスニック炒めを水無月の皿に盛って満足そうに微笑んだ。

「言えてる。美形は大事よ。疲れて帰ってきて、家に美形がいるとそれだけでいやされる。美しい景色を見るのと同じ効果」

海音はそう言って、エビの卵とじを頬張る。

陽都はワインで顔を赤くしたまま、姉たちの会話を黙って聞いた。

「私に名を奉納した陽都は、私にとって特別な信者だ。それはお前も分かっているだろう?」

「へ？　あ、ああ……うん、分かってる」

なんだよ。ちゃんと分かってんじゃないか。やっぱ一番最初って特別だろ?

陽都はだらしなく緩む頬を両手で押さえる。

「そうよねえ。水無月さんが足を治してくれたんだものね。陽都にとっては特別な存在よね。二人とも、もう少し寄り添ってもいいのよ。見栄えがいいから」

花梨が微笑む。

「美形なら大抵《たいてい》のことは許される上に、水無月さんは神様だから。神様に輿入《こしい》れするのもありかもしれないわ、陽都」

海音が真顔で提案する。

これくらいで酔うはずがない。姉たちはウワバミで、アルコールハラスメントを仕掛けてきた相手を何度も返り討ちにしている。つまり、しらふでとんでもないことを言っていた。

「そうか？　輿入れなぞしなくとも私は生涯、陽都の傍におるぞ」

陽都は青パパイヤのサラダを皿に盛り、食べながら頷く。

「陽都を一番に守るってことなのかしら？　水無月さん」

花梨の問いに水無月は「名を奉納されたからな」と笑顔で答えた。

「陽都の奉納した名を名乗ると決めた時点で、呪《しゅ》は成立したのだ。私と陽都はとても堅く結ばれている。だからといって、麗しの双子を守る力が弱いというわけではないぞ？」

「「それを聞いて安心したわ」」

双子が同時に口を開く。

相変わらずきっちりした姉たちだ。でもそのお陰で、俺はこうして呑気でいられるんだ。足も治ったことだし、本格的に再就職を……。

陽都の脳裏を、ラピスラズリの薔薇が過《よ》ぎった。

繊細な細工が施された、美しい鉱石の薔薇。あの薔薇を飾るに相応《ふさわ》しい台がほしい。

そう思った途端、陽都は「俺、骨董の仕事をやろうと思う」と声に出していた。

「そう言うと思った」

「ホントよ。サラリーマンになるって言ったときは、どうしようかと思ったわ」

姉たちは大して驚きもせず、すんなり受け止める。

「友だちの親がみんな会社員だったから……憧れてたんだよ、そういう仕事に」

なんとなくずっと、会社員の親というものに憧れがあった。「普通の家、普通の家族」というものを求めていたんだろう。

でも今は、骨董の仕事をしたいと思った。

「だとしたら、遊園堂の入矢《いりや》さん。あそこの五代目に先生になってもらいなさい。お祖父さんと遊園堂とで話が付いてるはずだから」

海音はワインを飲みながら言う。

遊園堂は有名な骨董屋で、祖父とのつき合いも長く、陽都もよく遊びに行っていた。五代目というのは、主ではなく若旦那のことだ。

五代目とは一緒に骨董市に行ったり、祖父と五代目と海外のバザールに行ったこともあり、気心知れた仲だ。

「入矢さんか？　俺……その話は初めて聞いた」

「陽都が骨董の仕事をしたいって言ったら、そう話してくれってお祖父ちゃんに言われてたの。ね？　花梨」

「そうよ。……収まるところに収まってよかったわ」

なんだ……そういうことだったのか。

陽都は急に照れくさくなって、グラスに残ったワインを一気にあおる。

「私の信者になって、いいこと尽くめだな？　陽都」

水無月が偉そうに微笑む。

よく言うよ、このエロ神様め。

陽都は心の中でサクッと突っ込みを入れ、何度も頷いた。


風呂など入ったことがない。

水無月がそう呟いたために、「ありえないわ。美形でもありえないわ」と悲鳴を上げた二人の姉によって、陽都は洗い係として浴室に放り込まれた。

「こうして実体化したのは、この国に来てからだというのに、神を汚物扱いするとは……」

「本当なら神体を洗った方がいいんだろうけど……ラピスラズリはコーティングしてないと水に弱いから洗いたくない。それに、あれだけ繊細な彫りだと、洗うのが怖い」

「……実体化しなければ、風呂に入る必要もないのだが」

水無月は、しゃこしゃこと陽都に背中を洗われながら呟く。

「実体化はしようぜ、水無月。あと、日本は高温多湿だから風呂に入らないと臭う」

「お前まで神を汚物扱いか？　この私が臭いわけがない。常に香《かぐわ》しい」

「はいはい」

適当に相づちを打って、体を洗ってやる。

姉たちは「神への奉仕です」ともっともらしいことを言ったが、ただ面白がっているだけだ。

「これで……よし、と。前は自分で洗ってくれ」

「なぜ」

真顔で言われてもこっちが困る。

陽都は視線をそこから逸《そ》らし、「神様の股間をじっくり洗う趣味はない」と言った。

「愛しいな、陽都。照れているのか？　減ることはないのでいくらでも触るがいい」

「だから、そういう問題じゃない」

陽都は唇を尖らせて、水無月に泡だらけのスポンジを渡す。

「…………つまらん」

「風呂場で遊ぶのは子どもだけだ」

お互い全裸なので、俺は警戒心がＭＡＸですよ！　エロ神様！

なんてことを言ったら、水無月は俄然張り切り出すと思うので、陽都はお口にチャックして心の中で悪態をつく。

「……で？　洗い終わったら、こっちの湯船に入るのか？」

　水無月は仕方なさそうに自分で股間を洗いながら、陽都に尋ねた。

「シャワーで泡を落としてからな。湯船に浸《つ》かって体を温める。そうすると、湯上がりのビールが旨い」

「ふむ。ならばお前も私と共に入浴しろ」

　浴槽は広いので、やってやれないことはない。

「神様のお願い？」

「そうだ。初めての風呂に、お前と一緒に入りたい」

「そっか。入るぐらいならいいよ、神様。俺は一番の信者だから、そういう簡単な願いは聞いてやる」

　水無月は「どっちが神か分からん」と笑った。


　海音が水無月のために用意してくれたパジャマは彼女が考案したブランドのものだった。

　ブルーのコットンで、袖や合わせに白のパイピングが入っている。

「ふむ。着心地がいい。奉納を許す」

水無月は相変わらずの偉そう発言をしながら、上機嫌でパジャマを着た。

「ビール飲むか？」

「私は日本酒を所望する」

風呂上がりに冷やで一杯か……と思ったら、水無月は陽都が持っていた一升瓶を受け取り、そのまま祖父の部屋へと向かう。

「え？　グラスも持っていけよ！」

陽都は水無月の後を追いながら、階段から二階に向かって「風呂上がったぞー！」と大声を出した。

それを終えてから、祖父の部屋に走る。

「水無月……っ！　ドバッと出るから瓶から直にかけるな！」

祖父の部屋に入った陽都が見たのは、瑠璃の薔薇に日本酒を滴《したた》らせている水無月の姿だった。

下に敷いてある皿は端の欠けた古伊万里《こいまり》で、柄がいいからと祖父がとっておいたものだ。

瑠璃の薔薇はキラキラと輝いている。

「生き生きしてるぞ？　生きてるみたいだこの薔薇」

「好物を与えられれば、嬉しいだろう。私は神体と一体なのだからな」

「そうだった。……この薔薇に合う台座をさ、これから捜そうと思うんだ。来月あたりにヨーロッパに渡って……」

「台座はあったのだよ、陽都。それは美しい象牙細工の台座がな。だが、神体に付けられることはなかった」

言葉の端々に、甘さと苦みが入り交じる。

きっと台座を作った誰かに対する想いなのだろう。

陽都は好奇心で、「台座を作ってくれた相手は、水無月の信者だったのか？」と尋ねた。

「……ああ。私の神体があまりにも美しいから、それに似合った台座を作りたいと言っていた。おまえが私に名前を奉納したときのように強引で、一度決めたら引かない人間だった」

ああ、なんかやだな。腹の中がモヤモヤする。水無月のこういう話は聞きたくない。

相手は紀元前生まれの太陽神。太古の神は人間との間によく子供を成した。神代の伝説だ。だから、水無月にそういうことがあってもおかしくない。

陽都は自分のちっぽけな独占欲に心底呆れた。

「酒、飲むんだろ？　グラス置いとくな？　俺は突き当たりの書斎で寝るから、何か用事があったら呼んでくれ。じゃあ、お休みなさい」

なんとなく、二階の自分の部屋で寝る気にはならない。

陽都は祖父の部屋のドアを静かに閉めて、書斎に向かった。

あくびを噛み殺しながらベッドの中でリストを読み、もうどう頑張っても目が開かないというところで、今日の作業を終わりにした。

ベッドサイドのスタンドを消して横になって目を閉じると、突然、背後から温かな何かに抱き締められた。

人間、本気で驚くと声が出ないものなんだなと感心するほど、驚いた。驚きすぎて死ぬかと思った。

「……私を置いて寝るという勝手、許さんぞ」

「ちゃんと寝るって言ったじゃないか」

「添い寝を所望する」

なんだよもう。勝手に添い寝してるじゃないか。というか、俺はあんたの抱き枕状態なんだけど。苦しいし。

陽都は背中に水無月をへばりつかせたまま、「好きにしてくれ」と言った。

とにかく今は眠い。

「寝物語もなしに、私より先に寝るな」

「全部後でな。俺……ほんと……眠くて……」

梅雨冷えの夜に、背中の心地いいぬくもり。

「陽都……？」

水無月に名を呼ばれていても、陽都は返事をする気力がない。

「陽都」

眠くて口も動かないから、心の中で「なんだ？」と返事をする。

「私は明日も、お前の傍にいるぞ」

眠くて死にそうなはずだったのに、陽都は一瞬で目が覚めた。

神様のくせに頼りない声を出されると気になる。

「水無月……？」

返事がない。

その代わり、しがみつく腕の力が少し強くなった。


翌日、陽都が目を覚ましたとき、背中に水無月はいなかった。

どこへ行ったんだと思いながら起き上がり、右手を杖に伸ばす。

「あ」

そうだった。俺に松葉杖は必要ない。足はちゃんと治ったし痛みもない。

陽都はだらしない顔で笑い、傷痕まで無くなった右足を両手でヨシヨシと撫でる。

そして、パジャマのまま部屋を出た。

『おはよう陽都。私は今から出かけるけど、海音が遊園堂の五代目にメールをしておいたからあとよろしくね！　帰りは七時ぐらいだから』

食堂のテーブルの上には、花梨のメモが置かれていた。

あくびをしながら壁かけ時計に視線を移すと、時間は九時。いつもは七時に起きるので、二時間の寝坊だ。

「神を放って随分とゆっくり眠っていたものだな、信者」

不機嫌な声が聞こえた方を見ると、水無月がパジャマ姿で椅子に腰掛けている。

「ああ、おはよう水無月。……海音姉さんも出かけた？」

「ああ。ただ、午前中に一度戻って来ると言っていた。私に奉納する衣類を持って帰ってくるのだと」

「あー……なるほど」

「茶はないのか？　茶は。私は茶が飲みたい」

「……花梨姉さんに頼まなかったのか？」

そう言いながら、陽都は素直にシャーイの用意を始める。水無月のためというよりも、自分が飲みたかった。

「私は、お前の淹れたシャーイが飲みたい」

「はいはい」

椅子に踏ん反り返って我が儘を言う水無月に、昨日の頼りなさはどこにもない。

「姉さんたちの作ったクッキーがあるから、お茶うけはそれでいいよな？」

「甘ければ構わん」

水無月の返事に頷き、陽都は湯を沸かしながら食品棚からクッキーを取り出す。

ついでに自分用に包まれていたサンドウィッチを取り出して、テーブルに置いた。

グラスに入った琥珀《こはく》色のシャーイはいつ見ても綺麗だ。つい冷やして飲みたくなるが、それをしてしまうとシャーイとは言えない。

やはり、こうして角砂糖を二つも三つも入れて溶かし、のんびりと飲むのが旨い。

「ふむ。まあまあだ」

角砂糖を三つ入れて飲んだ水無月は、満足そうに頷く。

「それはよかった。俺は食事が終わったら屋敷の掃除と洗濯なんだが、水無月はどうする？」

「そうだな……お前の仕事振りを観察しようか。それに飽《あ》きたら神体に戻って休む」

仕事を手伝うと言わないところが神様らしい。

陽都は小さく笑って「好きにしてくれ」と言った。

杖のいらなくなった足があれば、部屋の掃除や洗濯など造作もない。

「そうだ、水無月。……あのな、神様」

「なんだ」

「次の日になっても、右足は痛くない。本当にありがとう」

礼を言ったのに、水無月は眉間に皺を寄せて陽都を睨んだ。

「お前は私を信じていなかったのか？　信者のくせに」

「信じたから信者になったんじゃないか。次の日に、本当に足が治ったんだなってしみじみ思って感謝しただけだ」

「お前の足の怪我に関しては、感謝などいらん。もともと、私の力が弱まっていたせいで起きた事故だからな」

水無月は一気にシャーイを飲んで、すぐさまおかわりを要求する。

「……それこそ、水無月が気に病む必要は無いんじゃないか？」

「神としての責務だ」

陽都がおかわりのシャーイを作る間、水無月は「信者がいなくなったら困る」だの「私はもともと力を持った神だ」だの延々と語り続けた。

「はいよ」

おかわりを水無月の前に置き、陽都は窓の外を見る。どんよりと曇っていて、お世辞にも洗濯日和《びより》とは言えない。

「今日は部屋干しだな」

「梅雨には雨が降るものだ」

水無月の言い訳が妙にツボに入って、陽都は小さく笑った。

「天候を操作するとちがう季節にしわ寄せが行くし、なにより、アマテラスに悪いだろう？」

「すごい美人なんだっけ？」

「ああ。それに日本の神々は個性豊かで楽しい」

「水無月のところも神様がいっぱいいたんだろう？　太古の神様たちって……ええと」

陽都の頭にとっさに浮かんだのは、エジプトの神様たちだった。

「大勢いたがな、最後まで残ったのは私と『死の神』だ。死の神も、信仰する者がなくなって消えていった。神体の残っていた私だけが、今もこうしている」

文明が滅亡するというのは、こういうことなのだ。

それを平然と口にする水無月に、陽都はもっといろいろと聞きたくなった。

「なあ、水無月は最初はどこにいたんだ？　中東っていうのは見当がつくんだけど」

「山と砂漠で囲まれた水の都だ。山と言っても、鉱石の塊。砂漠のお陰で随分と長い間敵国の侵略がなかった」

「……今となっては砂漠に埋もれた文明ってわけか」

「そうなるな。どれだけ祈りを捧げられて、生贄を用意されても、同じ太陽の神格同士の戦いでは、信者の多い方が勝利する。私の民には申し訳なかった……が、神体が戦利品として敵国に略奪された後は、一気に信者が増えたがな」

水無月は昔を懐《なつ》かしむように微笑み、シャーイを飲んだ。

「太陽神同士で喧嘩《けんか》にならなかったのか？」

「私の神体の方が立派だったのだ。だから私は、敵国の神格を吸収して大きくなった」

「ちょっと……えぐいな、それ」

神食い……と言えばちょっと格好いいかもしれないが、陽都の目の前には実体がいるので、そっちで想像するといささかグロテスクだ。

「大きくなっても、文明が滅亡してしまってはどうしようもない」

「どの時点で、神体が薔薇の花になったんだ？　あの細工は本当に凄いと思う」

だが水無月は曖昧《あいまい》に微笑んで「そのうち」と言う。

喋《しゃべ》りたがりの神様の、この勿体《もったい》ぶりよう。

陽都は気になったが、水無月はもうそっぽを向いて「神は神秘な方がいい」と言ったので、それ以上追及するのをやめた。

誰にでも、突っ込まれたくないことはある。

たとえそれが神様であってもそうだろう。

「陽都」

「はい？」

「私は昼は『ラーメン』を食べたい」

「そんじゃ、海音姉さんが服を持って戻って来たら、一緒に食べに…………あ、今日は留守にできないんだった。インスタントでもいいか？　野菜をいっぱい載せるから」

買い置きの袋麺に、野菜炒めやチャーシュー、ゆで卵を載せることはできる。

「料理」を仕事にしている花梨からも「上等」とのお墨《すみ》付きをもらっていた。もっとも、陽都にはそれくらいしか料理ができないが。

「想像付かんが……旨そうではあるな」

「楽しみにしててくれ。そんじゃ俺も働きますか！」

陽都は空いた皿を重ね、シャーイ用のグラスを片手に持ってキッチンシンクへ入れて洗い始める。

松葉杖がないだけで、動きがもの凄くスムーズなのが嬉しい。

「それでも一度、病院に行っておかないとな。担当の先生も心配してくれてたし」

それに、リハビリの予約もいらないと、伝えなければならなかった。

「病院だと？　その奇跡の足を見せるつもりか？　騒がれても知らんぞ、私は」

水無月は、シャーイの最後の一口を勿体なさそうに飲み込んで呆れ顔を見せる。

「あー……そっかー……傷痕まで綺麗に無くなってるもんな」

足の治療自体はもう終わっている。リハビリに関しては、「自宅で行います」と言えばどうにかなるだろう。医師たちは、リハビリすれば杖なしでも歩けるようになるが、以前と同じように歩いたり走ったりできないという結論を出したのだ。

「勝手に一人で決めると姉さんたちが怒るから、相談しておく」

「それがいい。麗しい双子はかなり賢いとみた」

「それって、俺はバカってことか？　ときどき自分でも無鉄砲だと思うことはあっても、そんなバカじゃない」

「はは。頭の中身のことを言ったのではない。生きていく上での知恵を随分と蓄えていそうだということだ」

「それは……たしかに、そうだけど……」

濡れたグラスや皿を布巾《ふきん》で丁寧に拭き、曖昧に呟きながら食器棚に戻す。

「お前も、骨董の世界で生きていくと決めたなら、もう少しずる賢くなってもいい。興一が心配していた」

骨董品に仕事を心配されてしまった。

陽都は複雑な表情を浮かべ、水無月を見る。

「一から十まで、私は助けてやらんぞ？」

「俺だって、助けてもらおうなんて思ってない。自分の仕事だし」

「なんと憎らしいことを言う」

水無月は歯を見せて笑い、テーブルに頬杖をついた。

「それでも、お前は私の特別な信者だということを忘れるな」

「分かってる。……シャーイ、もう一杯飲むか？」

「いや、もうたくさんだ」

「じゃあそっちも片づけるわ」

陽都が水無月のグラスを掴んだところで、玄関から海音の声が響いた。


「服と靴とアンダーウェアが入ってる。神様に似合いそうな奴を片っ端から持ってきた。奉納しますね！　……で、代金は陽都の出世払いってことで。じゃ、私は仕事に戻るね！　今夜は遅いから先にご飯食べてて、花梨に言ってて」

海音は言いたいことだけ言って、玄関に大量の荷物を置いて仕事に戻った。

「奉納なのに、俺が金取られるんだ」

陽都が姉の理不尽に文句を言う横で、水無月は巨大なボストンバッグの中に手を突っ込んで、洋服を取り出す。

海音が企画したセレクトショップの衣類は、奇抜なデザインも派手な色もないが、シンプル故に「素材」の善し悪しが大きく関わるものだ。

陽都も何枚かTシャツをもらって来たことがあるが、海音の感想は「まあこんなもんか」だった。

「ふむふむ」

水無月は気に入った服を見つけたのか、その場でパジャマを脱いで着替え出す。

白のシャツに、綿パンツ。

「……着方、分かってるんだ」

「分かるも何も、服の着方は太古からそう大して変わっておらん。……で？　これはなんだ？」

器用にファスナーを閉めたところで、水無月は靴下を指さした。

「靴下。こういう靴を履く前に履くものだ」

「私はこっちの方がいい」

陽都が掴んだ革靴を却下して、水無月は有名メーカーのウォーキングサンダルを掴む。

「足を布で包むのは好かん」

これから夏本番に向かうから、彼のチョイスでも問題ない。靴下やスニーカーは、寒くなってから考えよう。

「いいんじゃないか。服は……祖父さんの部屋に置く？」

「お前の部屋がいい。言っておくが、寝室も一緒にしろ。信者が傍におらんと寝付けん。私の神体をお前の寝室へ移動させること。いいな？」

その前に、神様に睡眠は必要なのか？

陽都は突っ込みたくて仕方なかったが、言葉が何倍にもなって戻って来そうだったので我慢した。

「掃除と洗濯が終わってからでいいよな？　それでなくても、きょうは寝坊して一日が早いんだ。どこかの神様が手伝ってくれるなら掃除も洗濯も早く終わると思うんだけど、そんなこと頼めないしー」

まったく感情のこもっていない棒読みで、陽都は水無月を見つめる。

「神は労働などせん」

だが何千年も神様をやっている水無月は、腕を組んで体全体で手伝わないとアピールした。

口を出すなら手も出してくれ。というか、ホントお喋りだなこの神様。さっきからずっと喋ってる。

一階と二階の廊下の掃除が終わっても、食堂と応接室の掃除が終わっても、水無月は陽都にくっついて歩き回りずっと喋っていた。

お喋りの内容は「この屋敷の歴史は」「ここに置かれている骨董は」と、佐々倉家のことばかりだ。

気がつくと外は雨が降り始めて、太陽神は「雨の匂いがしたと思ったら……」と言いながら、呑気に窓の外を見つめる。

「一段落したから昼飯だ。ラーメンでいいんだよな？」

「……気が変わった。握り飯がいい」

「は？」

「握り飯と、卵焼きと、ソーセージのタコ」

「待って」

水無月がリクエストした中で、陽都が作れるのはソーセージのタコ改めタコウィンナーだけだ。おにぎりは握れないし、卵焼きも作れない。

「それは、花梨姉さんに奉納してもらってくれ。俺にはまだまだ荷が重い」

「仕方がない。ではラー……」

水無月が「ラーメン」と言う前に、玄関のチャイムが鳴った。

「誰だ？」

新聞か宗教の勧誘だろうか。

もし宗教なら、うちにはすでに神がいると言って断ろうと、陽都はそんなことを思いながら玄関に走る。

インターフォン越しに「どなたですか？」と尋ねると、「遊園堂の五代目です～」と呑気な声が聞こえてきた。


テーブルの上には、寿司折が三人前。

遊園堂の五代目こと遊園入矢のお持たせだ。

水無月は堂々と椅子に腰掛けているが、きっと内心は「寿司っ！」と小躍《こおど》りしていることだろう。

「わざわざすみません、入矢さん」

陽都は入矢の前に湯飲みを置きながら、笑顔を浮かべた。

「いやいや。こっちもさ～、いきなりの訪問だからねえ。あと、陽都君の全快祝い？　みたいな？」

きっちりと着物を着こなし、時代劇に出てくる呉服屋の坊ちゃんにも似た入矢の優しげな容姿は、以前と少しも変わらない。

「海音ちゃんから連絡もらったときはさ〜、ようやくかーってうちの親父と喜んだんだけどね。本当に、『佐々倉骨董』の跡を継ぐのかい？　会社勤めはしなくていいの？」

「はい。もう決めました」

「そうか。だったらアレだねえ、まずはおじさんの四十九日が済んでから顧客にハガキを出そうか。そのあとは歓迎会だろう？　忘年会と新年会もあるし……」

「飲み会のことより、俺はもっと骨董を勉強したいんです。入矢さん」

「そうかい？　陽都君はもう鑑定できると思うけど」

「それは私も同感だ」

今まで黙っていた水無月が、ここで初めて口を開いた。

入矢の視線も、陽都から水無月へと移る。

陽都は慌てて、水無月を入矢に紹介した。

「あ、ええと！　この人は水無月と言って祖父さんの友だちなんだ。しばらくここにいる」

「そうなんですか〜。あまりに美しいので、海音ちゃんの知り合いのモデルかと思いましたよ。僕は遊園入矢と言って、骨董屋の五代目です。父は現役で、佐々倉のおじさんとは生前、大変よくしていただきました」

「ふむ。興一がよく言っておった。遊園堂の入矢は、若いのに筋がいいとな。私は太陽の神格。つまり太陽神。神である。本来の名は失われた文明と共に砂の中へ消えた。今は陽都に名前を奉納され、水無月と名乗っている」

入矢が、笑顔のまま固まった。

攻められないというか、攻めちゃいけない。誰だってこんな素《す》っ頓狂《とんきょう》な自己紹介をされたら引く。天敵に見つかったエビの如く、全速力で後退する。本気で引く。

「えと……陽都君?」

「あー……」

まさかいきなりネタばらしをするとは思わなかったので、陽都は丁度いい言葉が出て来ない。

「流ちょうな日本語を話す外国人……ってだけじゃないよね? おじさんとも知り合いってことは骨董関係かな? それとも、どこかの宗教団体の教祖様?」

「昨今の新興宗教と同じにするな。私は何千年も前から太陽神だ」

「ちょっと水無月、黙ってくれ。いきなり神だと言われても、信用できないって」

陽都は突っ込みを入れて水無月を黙らせようとするが、入矢に「彼は神様なの?」と問われて、つい「そうです」と真顔で答えてしまった。

やっちまったー。

陽都は両手で顔を覆う。

「遊園入矢とやら、私の信者にならんか?」

「水無月っ! 勧誘すんなよ! というか、めっちゃ引かれてるって!」

「信者は多いに越したことはない」

「だからって神様自ら勧誘すんなよ！」

「嫉妬か？　陽都。どんなに信者が増えようとも、お前が特別な信者であることには変わらんぞ？　というか、この寿司はいつになったら食べられる？　私に奉納されたのだろう？」

陽都は微妙な表情を浮かべ「召し上がれ」と言った。

水無月は祖父に習っていたのか、上手に箸《はし》を使う。

「君たちの今の会話は……漫才じゃないんだよね？」

入矢は神妙な面持ちで陽都に尋ねる。

「漫才だったらよかったんですけどね」

「神様って……いやいや、たしかにね、こういう仕事をしていると怪しげな物を手にすることも少なくない。でも……神様は初めてだな～」

入矢は「あはは」と笑い、茶を一口飲んだ。

「水無月は俺の足を治してくれたんです。他にもいろんな奇跡を見せてくれました。だから俺は信じるって決めたんです」

「そうなんだよね～。それがあるから、僕もね～頭っから否定できないんだよね～。詐欺《さぎ》の超能力者は今時古いし。本当にそういう不思議な力を持った人間がいるとしても……できることに限界があると思うんだよね～」

入矢は「参ったな」と言って、寿司を食べ始めた。

水無月など笑顔で寿司を頬張っていて、陽都の話は聞こえていないようだ。

「入矢さん、これを見てくれ」

陽都は右足の裾を捲り上げる。

「何度も手術をして大変だったじゃないか。僕に見せなくても…………って、あれ？　傷がまったくないいんだ。現代の医学って凄いんだね～」

「大きな傷は残ったんです。でも、水無月が消してくれた。傷ありの写真が見たかったら見せますよ？」

「あー…………いや、その、待って。心と頭の整理ができないなぁ～」

入矢は両手で顔を包むようにこめかみを押さえ、「僕の中の先入観が邪魔をしている」と言った。

「見たままを信じればいいだけのこと。……はあ、寿司はやはり旨い」

「これが水無月の分だから」と、取り分けてもらったものを全て平らげて、水無月は「満足だ」と微笑する。

「そうは言うけど……ところで花梨ちゃんと海音ちゃんは？　信じたの？」

「姉さんたちも信者だ。とんでもない奇跡を見せたら、すんなり信じたぞ」

陽都は、水無月の湯飲みに二杯目のお茶を注ぎ、「あの姉さんたちがな」と笑った。

「そうだろうね。僕もおじさんから話を聞いていれば、少しは信じられたかも～」

「俺たち姉弟が生まれる前に、祖父さんが海外で水無月の神体を手に入れたんだって。俺も昨日初めて見たんだけど、それは綺麗なラピスラズリの薔薇だった」

陽都は右手で何かを掬《すく》い上げるような動きを見せて「これぐらいの大きさ」と入矢に見せる。

「ラピスラズリの薔薇の話は、父さんからよく聞く。昔一度、おじさんに見せてもらったときの美しさが忘れられないって。僕も見せてもらっていいかな？　そしたら信じられそう」

陽都はすぐには返事をせずに、隣でゆっくりとお茶を飲んでいる水無月に視線を移した。

「ふむ。私の神体は本来なら門外不出にして容易に目に留めおけるものではない。……が、どうしてもと懇願するならば、許してやっても構わんが」

ちょっと待って。いつからあの薔薇の置物は門外不出になったんだ？

陽都は心の中でこっそり突っ込みを入れつつ、入矢に「どうします？」と尋ねる。

「水無月さん、僕のマグロとイクラ……よかったら食べてください」

入矢はにっこりと微笑み、自分の皿ごと水無月に勧めた。

「奉納を許す」

水無月はマグロの中トロと赤身、そしてイクラを一貫ずつ自分の皿に載せ、上機嫌で食べ始める。

「陽都君、水無月さんはラピスラズリの薔薇を僕に見せてくれるって」

「あー……なんか、その……食い意地が張っててすみません」

陽都は顔を赤くしながら頭を垂れるが、入矢は「まあまあ、君もお寿司を食べちゃいなよ」と言って笑顔で茶を飲んだ。


結局今日は洗濯はできないな……と、そんなことを思いながら、陽都は入矢を祖父の部屋に案内した。もちろん、水無月も一緒だ。

「うは……ここは宝の山だね。でも売り物じゃないっぽい」

部屋に入るなり、入矢は歓声を上げて目を輝かせる。

「はい。ここにあるのは祖父さんのお気に入りばかりです。何があっても絶対に売るなって、遺言に残してあったぐらいですから」

「だよねえ……。でも、床に無造作に置いてある金細工は、金の値段が高いうちに売ればいいんじゃない？　光り方が下品だ」

入矢は腰を下ろして、デスク脇の床に置かれた細工物の小箱と蝋燭《ろうそく》立てを指さした。

「それは古代エジプトから流れてきた一品だ。光り輝いて何が悪い。美しいではないか」

「え？」

驚く入矢に、水無月が「王家の墓から盗まれた品だがな」と付け足す。

「それって……王朝とか分かるの？　どこの墓から盗まれたとか？」

「分からずして万物の長たる太陽を名乗るものか。……とは言っても、私と同じほど太古の神でなければ判断は付かぬだろう。日本は未だ太古の神々が存在しておるから、私以外の神でも答えられよう。だが海の向こうは知らん。太古の神は信仰を失い、神体が消滅してあとかたもなく消えてしまったものが多い」

そして水無月は、入矢が指さした細工物の王朝と王の名前を面倒臭そうに言った。

入矢だけでなく陽都も目を丸くして水無月を見る。

これは……売れない。価値が凄すぎて、売るどころか逆に出土国から寄進を強要されるレベルの品だ。

「そうだよね……あのおじさんが贋物を掴んで帰国するわけがないよね〜」

頬を引きつらせて笑う入矢に、陽都は何度も頷く。

「もしかして水無月さんは、他の骨董の価値も分かるの？」

「作り手が死んでおればな。生きている作り手の価値は、生きている者で決めればよかろう」

それが当然だと、水無月は答えた。

入矢は「はぁー……」と感慨深く頷く。

「いいねえ、そういう考え。それにしても、僕もまたエジプトに行きたいよ。海外遠征はいつも父さんと母さんで、こちとら最近は店番ばっかりなんだ」

あ、待って入矢さん。それ言わない方がいいと思う。

陽都は焦って入矢を止めようとしたが、その前に水無月が嬉しそうに目を細めた。

「行きたいのなら、連れて行ってやろう」

「へえ、水無月さんってお金持ち……」

と、笑顔で言った入矢は、突然砂漠の真ん中に立つ自分に仰天した。

「えっ！　えーーっ！」

カラカラに乾いた風はぬるく、砂が頬に当たって少し痛い。

空は雲一つないが、頭上に輝く太陽が、そろそろ「今日の仕事」を始めようとしていた。

「時差があるから、まだ朝でよかったですよ！　もう少ししたらメチャクチャ気温が上がる！　水無月！　分かったから元に戻してくれ！」

「私はもう少し砂と戯《たわむ》れたいのだが。ほら見るがいい、向こうに見えるのがスフィンクス」

水無月は優雅に金髪を靡《なび》かせ、巨大な像を指さした。

観光客がいなくて本当によかった。突然現れた三人に驚いているのは、寝ぼけたラクダたちだけだ。

陽都は「騒ぎが起きる前に戻してくれ！」と、水無月の髪を掴んで引っ張る。

「うわー……これ本物の砂だ。この乾いた臭いも……間違いなくエジプト……！」

気がつくと、入矢は足袋《たび》を脱いで裸足になり、直に砂を踏みしめていた。

「あやつも楽しそうだが？」

「だから……そういう問題じゃないって言ってんだろ？　信者の言うこと聞けよ神様」

信者が神に命令してどうする……と思ったが、非常事態なので仕方ない。

陽都は厳しい表情で水無月を睨む。

「一番の信者にそんな顔をされては……私は言うことを聞いてやるしかないじゃないか」

水無月は、随分と嬉しそうに微笑み、陽都の頭を優しく撫でた。

と、次の瞬間。

三人は祖父の部屋にいた。

だがみな足元に砂が散っている。

「今の……ワープみたいなものは……水無月さんがしたの？」

「私以外の誰ができると言うのだ。今の私は信者が三人もいるのだぞ？　信者が望めば、月の裏側まで見せてやれるだろう」

信者数人で、そんなに力が強くなるのかよ……と驚く陽都の横で、入矢は真顔で水無月を見つめ、彼の右手を両手で握り締めた。

「水無月さん……いや、神様！　あなたの信者の特典は？　御利益は？」

「信者を災厄から守るのは神の務め。入矢、お前がこの社に通い私を信仰する限り、私はお前を守り続けよう」

「……保険よりいいな〜。保険は事故が起きてから発動するものだしね〜。それに美形の神様の方が信仰し甲斐があるし。太古の太陽神ってさ、陽都君。僕たちの仕事にすっごくマッチしてない？　ロマンを感じるよ。決めた。僕はあなたの信者になる」

「許す」

入矢は「やった！」と嬉しそうに飛び跳ねる。たしか彼は陽都より八歳年上の三十のハズだが、それを忘れさせる無邪気さだ。

「本当に信じていいんですか？　入矢さん」

「だって、事実がここにあるもの。こんなのマジックじゃどうにもできないって」

入矢は足元に散っている砂を見て、「彼が神で僕が困ることはないしさ、こういう楽しそうなことはみんなと共有したいじゃない？」とあっけらかんと言った。

「あ、あの……でも……水無月の存在はナイショですよ？　秘密です。もしバレたら、神体をどこかの権力機関に取り上げられて、水無月と一生会えなくなる。俺の大恩人なんで、それは絶対に避けたいんだ。俺は、死ぬまでちゃんと世話がしたいから……」

家に神がいるなんて、普通の人間なら鼻で笑っておしまいだ。機転の利《き》く者は「神棚のことかな？」と思うだろう。

それにしても、「家の神」を本気にする人間が一人もいないとは断言できない。

「うん。それは分かってる。あんなに酷かった君の足をすっかり治してくれたんだもんね。松葉杖姿の陽都君は、僕も見ていて辛かった。だから、その恩人でもある水無月さんのことを外で喋ったりしない。絶対に」

「ありがとうございます。ついでと言っちゃなんですが、うちの姉さんのどっちか一人でももらってくれると嬉しいです」

　入矢は「恐ろしいついでだな〜」と笑う。

「……ふむ。これで信者が四人か。多すぎると戦が起きてしまうから、私が把握できる数でよいのかもしれん」

　水無月はそう言って、デスクの上の神体をそっと掴んだ。

　繊細な花びら細工が施された青い薔薇は、金色の内包物が日光に反射して輝いている。

「これが、今の私の神体だ」

　神体を見つめる入矢の表情が引き締まる。

　……そりゃあそうだろう。あれだけの素晴らしい細工物は二つと無い。天然石を削って作る細工物は多いし、陽都も翡翠《ひすい》や瑪瑙《めのう》の細かな細工物は数え切れないほど見たが、水無月の神体には遠く及ばない。

「瑠璃の……こんなに細やかな細工は初めて見たよ。なんなのこの青。最高級だわ〜。やっぱアフガニスタン産かなあ〜……あれ？　これ樹脂コーティングしてないでしょ？　なんで崩れないの？」

入矢は神体をうっとりと見つめたまま、「これは目を奪われる。目だけじゃない、心もだ」と呟いた。

「俺も初めて見たとき、そう思いましたよ。こんな綺麗な青い薔薇、見たことない」

「だよねえ〜。ねえねえ神様、スマホの待ち受けにしたいので、この御神体の写真を撮ってもいいですか？」

入矢の軽いノリのお願いに、水無月は「許す」と頷いた。

え？　そんなことしていいの？　だったら俺も待ち受けにしたい！

陽都は「俺も！」と言って、自分の部屋に走ってスマートフォンを掴んで戻ってくる。

「……陽都の傍には私が常にいるのだから、神体の写真などいらんだろう？」

「ほしいって。だってこんなに綺麗な神体なんだ。人に見せて自慢…………しちゃダメだよな」

途中で我に返った陽都は、ため息をついてスマートフォンをパンツの尻ポケットにしまう。

「僕は自慢しませんから安心して。というか、人に待ち受け画面見られるの好きじゃないし」

「……うー、やっぱダメだ。俺は自信ない。実体がいるから神体の写真は我慢する」

気の済むまで激写した入矢と違い、陽都は情けない顔で水無月を見つめた。

「太陽神が傍にいるというのに、その顔はなんだ」

「持ってる物を自慢しそうな自分の子どもっぽさが、情けないって思ってんの。水無月のせいじゃない」

「愛《う》い奴め」

よしよしよしと、水無月の大きな手で頭を撫で回されて気恥ずかしい。しかも入矢が見ている前なので余計だ。

「やめろ」

「照れるな」

「入矢さんに子どもっぽいって思われるだろ」

頭の上に乗っていた水無月の手を振り払うが、入矢が「神様と信者は仲よくしないと」とニッコリ笑った。

「あまりつれなくされると、潤いを求めるぞ」

「人よりいっぱい寿司食って、すでに潤ってんだろ！」

黙りなさいエロ神。

陽都は、昨日ここで行われたことを思い出して赤面する。

あんな、あんな刺激の強いものは、そう何度もするものじゃないし、そもそも男同士なんて不毛だ。相手が神様でも、迫られてなし崩しだとしても、罪悪感に押し潰《つぶ》されるぞ！

もしこれで彼女も妻もできなかったら、本当に水無月に輿入れするしかない。責任を取ってもらわなければと陽都は思った。

「神様の好物が寿司なら、僕はここに来るときはいつも寿司を持ってくるよ」

陽都の心の葛藤《かっとう》を知らない入矢は、呑気にそんなことを言う。

「一番の好物は酒だ。特に日本酒は旨い」

「了解しました。いろいろ見繕《みつくろ》って持ってくるよ。……では陽都君、仕事の話に移ろうか」

入矢の言葉に、陽都は「そうでした」と頷いた。


骨董の真贋は水無月が見れば問題なかった。

彼の言葉を疑っていたわけではないが、祖父がまだ評価を付けていなかった骨董を何点か見てもらったら、全て当たっていた。

陽都はまだ半人前なので首を傾げるばかりだったが、陶器と磁器の鑑定をもっとも得意とする入矢が真っ青になった。

「僕の仕事が無くなるよ～」とため息をついたあとに、「佐々倉骨董は二人でやっていけばいいんじゃないか」と提案してくれた。

「水無月と俺とで？」

「常連客への接し方や、怪しげな客のあしらい方は、僕と父さんとで教えてあげられる。四十九日が終わってから動きだそう。それまでは、陽都君も苦手分野の勉強をしておくといい」

「そうですね。掛け軸を持ってこられたらアウトだなあ。俺、あれだけはよく分からない」

陽都がしかめっ面をしている横で「私に見せれば解決だ」と水無月が威張る。

「それはそうだけど、何から何まで水無月任せにできないだろ？　佐々倉骨董はひい祖父さんと祖父さんが作り上げたんだ。人任せ……じゃなく神様任せにせずに俺がしっかりしないと」

「そうだね。最初は若いから舐められるだろうけど、気にせず頑張っていけば、きっとおじさんがやっていた頃と同じ評判を得られると思うよ～」

入矢は、柿右衛門の小さな壺を小さい順に床に並べながら言った。

「それじゃあ僕は、そろそろお暇《いとま》しようかな」

棚に置かれていた陶器の時計を見て、入矢が言う。

時間はもう三時を回っていた。

「すみません！　お茶を出すのも忘れて。帰る前に飲んでいきませんか？」

「そうしたいのは山々だけど、父さんが『陽都君は大丈夫か？』と心配してるから、僕の口から大丈夫だと説明したいんだ」

「入矢さん……」

「神様に関しては、それらしいことを適当に言っておくから、父さんから電話が来たら、口裏を合わせておいてね？」

そりゃあもちろん！　水無月の正体がばれたら終わりなので！

陽都は何度も深く頷いた。

「では神様。またお参りにきます。素晴らしい御神体を見せてくださってありがとうございました。ごきげんようさようなら」

入矢は水無月に礼をして、のんびりとした足取りで玄関に向かう。

足袋を履かずに素足のままで、歩くたびに砂が零れ落ちたが、それが奇跡の証《あかし》でもあった。

「やっぱりね」

「私もそう思った」

帰宅した姉たちに昼間のことを報告すると、彼女たちはさもありなんといった表情で笑った。

「五代目なら、信者になると思ってたもん。いい人が仲間になって本当によかったわ」

花梨は豚バラ肉のブロックを調味液と共に圧力鍋に入れながら、そう言う。

「神様は、信者が四人になってどう？　ありがたい力とかいろいろ使える？」

海音が好奇の目で水無月を見つめて尋ねた。

それには花梨も興味があったようで、「私たち宝くじとか当たるかしら」と、期待を寄せる。

「信者が増えると私の力も強くなる。それが信者に還元されるか否かは、信心次第だろう」

水無月の答えは当たり前のことで、姉たちは「まあそんなもんよね」と顔を見合わせて肩を竦めた。

「俺は現状維持で十分だ。水無月を祀って信じて暮らしていく」

陽都はテーブルの上を片づけて、箸やグラスを用意する。

「実に愛い奴だ、陽都。明日は晴れるから洗濯物はよく乾くぞ」

「え？　勝手に天気を変えたのか？　日本の神様に筋通した？」

「予報だ。私は何もしておらん」

「そっか」

陽都は安堵《あんど》して、水無月のグラスに日本酒を注ぐ。

酒の肴《さかな》は、キュウリとワカメと春雨の酢の物だ。

この神様は熱燗《あつかん》よりも冷やが好きで、グラスで飲むのも様になっている。

「……なんか、同棲してる恋人同士みたいな会話」

海音のクールな呟きに、花梨が「うふふ、同棲したことないくせに〜」と笑う。

「男に手作り弁当を押しつけて気持ちが重いって振られる誰かよりはマシかな」

売られた喧嘩は買わなくてはいけないのか、海音は陽都の持っていた一升瓶を奪い、自分のグラスに注ぎながら言い返した。

「な、な、なんなのそれは！　私は『みなさんで召し上がって』って渡したのよ？　そんな、たった一人のために重箱で弁当作るわけないでしょ」

「私だってね！　自分で家事ができればいくらでも同棲したわよ。もうラブラブよ。でも家事できないんだから仕方ないじゃない」

水無月が微妙な表情を浮かべて、無言で酒を飲む。

情けない。自分の姉たちが情けない。

陽都は「神様の前で喧嘩すんな」と言って、海音の手から一升瓶を取り返す。

「醜い言葉は売るな買うな。お前たちは麗しの双子なのだから、私の目を常に楽しませねばならんぞ？」

神様に「こら☆美人は怒るな」と言われたら、黙るしかない。

「……それにしても花梨は、どうして醜い言葉を売った？　お前らしくもない」

ぐびーっと一気にグラスを空にして、水無月が花梨に尋ねた。

長い間一緒に暮らしていれば「らしくない」という台詞は出てくるものだが……相手は神様なのでいろいろお見通しなのだろう。

「あー……いや、なんというか……」

「何かあったの？　花梨」

海音も、ぐびーっとグラスを空にして、重ねて尋ねた。

「うちの料理教室って、場所が大通りに面していて、硝子《ガラス》張りで……外からでも何をしているのかよく分かる作りになってるじゃない？」

水無月以外、頷いた。

陽都は、姉の仕事振りについ足を止めて「旨そうだな」とじっと見つめ、逆にこっちに気づいた生徒さんたちから笑われたことがあるのを思い出した。

「見られるのは慣れていたし、生徒さんたちも上級クラスで『むしろ見ろ。ギャラリーがほしい』という料理猛者《もさ》だったから、見られていても気にならなかったんだけどね」

そこまで言って、花梨がため息をついた。

「料理を作り終わり、試食が終わるまで食い入るように見ていた人がいてね。スーツを着たビジュアル系のイケメンだったから、みんなで『あれはいわゆる残念な美形？』という話で盛り上がって……」

「花梨、結果言って結果。途中経過はあとからでいい。まどろっこしい」

「近所まで付けられました。……もーもーも！　ホントに怖くて！　私が美人なのがいけないっていうのは重々承知しているんだけど、だったら声を掛けろよって話じゃない？　飢えるほどお腹が空いてるんだったら、ご飯を食べさせてあげてもよかったのに。美人でメシウマな彼女ってそうそういないわよ？　ねえ？　なのに……声も掛けずに後を付けてくるだけ！」

花梨は「悔しくてむしゃくしゃしてたの」と眉間に皺を寄せた。

「姉さん。近所まで付けられたって？　どうやってうちに帰ってきたんだ？」

「路地を曲がる前に、角の芝山《しばやま》さんの庭にお邪魔して、芝山のおばさんに理由を話して、そのまま裏庭を通らせてもらって、向かいの道路に出てから、ぐるっと回ってうちの裏庭に入った。だから、家は突き止められてないと思うけど」

「タクシーを使えばよかったのに」

陽都の言葉に、花梨は「向こうにもタクシーを使われたら怖いじゃない」と言った。

「花梨はゆるふわ系の美人だから、変態が近寄りやすいのよね。私はこう……ハッキリしてるから、そういう連中は怖いみたい」

海音は冷静に自分たち姉妹を分析し、酒の肴を平らげる。

「明日から、帰りは俺が送り迎えをするよ。男が傍にいる方が安心だろ？」

「神様が迎えに来てくれるなら大歓迎よ、私」

姉さん、花梨ねえさん、話を聞いてくれ。迎えに行くのは俺で、水無月じゃない。大体、神様を連れて外に出たら大注目だろがー。

陽都は頬を引きつらせるが、海音まで「それ完璧じゃないのー」と同意した。

「「神様、信者が困っています」」

ハモる双子に、水無月は「ふむ」と腕を組む。

待て。待て待て。水無月は俺の恩人だ。ちょっとやそっとの恩人じゃない大恩人だ。もしものことがあったらどうする！　それに水無月は俺と一緒に仕事をするんだぞ？　俺の大事なパートナーになるんだ！　それを勝手に……っ！

陽都は頭の中が水無月でいっぱいになり、ついに口を開いた。

「水無月一人で行かせるかよっ！」

違う。言いたいのはこれじゃない。

陽都は「男二人で、その……」と口ごもると、水無月が「そうだな」と頷いた。

「私はこの社の外には殆《ほとん》ど興味が無かった。行ったこともない。だが……信者が困っているというのなら、麗しい姉弟愛の手助けをしよう。民衆の目に触れて、信者が増えるやもしれん」

増えましょうとも、そのきらきらしいゴージャスな外見であれば！

陽都は花梨に顔を向け、「俺たち二人で送り迎えするから。それでいいよな？」と念を押す。

「でも……陽都がまた怪我したら困るじゃない。神様は神様だけに多分強いでしょ？　でも陽都は人間だもの」

「完璧に足が治った今なら、ビジュアル系になど負けませんっ！　全速力で走って、ストーカーまがいの痴漢を捕まえる。俺の足の筋肉を鍛えるためにも、とにかく毎日迎えに行くから。それでいいよな？」

返事の代わりに、圧力鍋の蒸気が抜ける音がした。

今夜で二晩目なのに、水無月は十年も一緒に暮らしている同棲相手のように、ベッドに横たわって、陽都のタブレットを操作している。

陽都はというと、水無月の胸に寄りかかって、祖父の残した骨董の帳簿を読んでいた。

風呂上がりのあとの、就寝するまでの自由な時間、お世辞にも広いとはいえないベッドの中で、二人はぴたりとくっついている。

足が治ったのだから、二階の自分の部屋に戻れたのだが、骨董に囲まれて寝起きするのが気持ちよくて、陽都は書斎兼商談場所だったこの部屋に居座っている。

四十九日が終わるまでに、商談場所は別の部屋にしなければならないが、空き部屋はいくつもあるので大丈夫だろう。

「陽都は温かいな」

「俺は神様にのし掛かって、罰が当たらないかドキドキしてる」

「私がそうしろと願ったのだから問題ない」

水無月のパジャマは、今日はストライプだ。海音が帰宅したとき「多分これも似合うよ」と、衣類が山ほど入ったボストンバッグの中から引っ張り出した物で、たしかに似合っている。

やはり神様というかなんというか、衣類だけでなくベッドのシーツもカバーも、毎日交換して清潔を保たないと嫌らしい。

毎日シーツを洗うのは面倒だが、きっとすぐに慣れる。

「実体でいると、梅雨冷えがなかなか堪《こた》える」

「だったら神体に入っていればいいんじゃないか？　それとも……神体も温めるとか」

「分かっておらんな。こうして、捧げられた、穢れなき体を自由にする贅沢《ぜいたく》を味わっているのだぞ？　私は」

またそれですか。はいはい、俺は信者なのに生贄扱いですよ。分かってますよ。ホント、俺が童貞でよかったな！

心の中で悪態をついてから、陽都はふとあることを思い出した。

「やっぱ……信者は多い方がいいんだな。最初は俺一人で十分みたいなことを言ってたけど。大勢の信者を持ってこその神様だから……？」

「信者を募《つの》るのは神の本能のようなものだ。……なんだ？　嫉妬か？　愛い奴め」

水無月は上機嫌で微笑み、タブレットを放って陽都の体を抱き締める。

「嫉妬というか、最初にかっこよく言ったじゃないか、名前を奉納した俺を守護するって。なのにそのあと、姉さんたちを勧誘したり入矢さんを勧誘したり……節操がないな」

「だからそれは神の本能なので、節操がないと言われても、そうだとしか言いようがない。だが、お前に言った言葉に嘘偽りはないぞ、陽都」

そう言いながら、水無月はぎゅうぎゅうと陽都を抱き締めた。

「あのな、俺は人間で……つまり人間っていうのは……こうやって抱き締め合うのは恋人同士か夫婦であって……」

「ふむ」

「神様と信者は……こういうことはしないだろ」

「神が潤いたいと言ったらどうする?」

「昨日潤っただろ!」

あんな恥ずかしくて気持ちのいい目に遭ったら、今度こそ抜け出せそうにない。ああでも、責任を取って嫁でも婿でもいいからもらってもらうってこともある。最終手段だけどな。女子とつき合いたかった。……で、俺って結局どうしたいんだよ。

陽都は水無月に抱き締められたまま、眉間に皺を寄せた。

「実体をこんなに長く保っているのは久しぶりなので、潤いたい」

「久しぶりって?」

「何千年前だったたか……」

え?

陽都は真顔になって、「御神酒《おみき》だけじゃ足りないってことか？　もしかしたら、そのうち消えて無くなるってことなのか？」と尋ねる。本当は向き合って話したかったのだが、背後から抱き締める水無月の腕が強くて体が思うように動かない。

「その、なんだ、アレをしないと消えるってことか？」

「本体が破壊されれば話は変わるが、潤いが無いだけで消えることはない」

「なんだ！　じゃあ別に、あんな恥ずかしい真似はしなくていいってことだな」

水無月の言う「潤い」が、彼の存在に関わるならどうにかしてやらねばと思ったが、関係ないと分かった陽都は安堵する。

「だが。何千年も若い生贄に触れておらんので満喫したい。そして潤いたい」

「生贄？」

「間違えた。若い信者だ。生きていなければ、人肌の温かさを堪能できん。それに、だ。お前の体液は私の好みなので嬉しい」

……うん、知ってた。俺が信仰する神様はエロ神様だって。

陽都は微妙な表情を浮かべ、「何度も同じこと言わなくていい。一回で分かる」とため息と共に囁《ささや》く。

「私と体を交わらせるのが嫌なのか？」

「相手が神様だからって逃げ道はあるけどな、二人とも男だろ？　そこが困るんだよ。太陽神なら女子でいいじゃないか、アマテラスもそうなんだから」

「私は女神として祀られたことは一度もないんだが」

……そうだよな。大体神様ってのは基本的に人間の男が作る。自分の理想と人生の希望を込めに込めまくって出来上がる。太古だからこそ、より分かりやすくあからさまなんだろう。みんな美しくて強い神様を祀りたいのだ。

「水無月は俺の大恩人だから、俺にできることはどこまでもしてやりたい。けど、それがセックスとなるとな、話は変わってくる。……神様と信者がセックスすんのはヤバイだろ。どう考えてもダメだろ。それに……なんと言ってもセックスってのは恋人同士になってからだろ」

「は？」

「私の寵愛《ちょうあい》を受けていて、そういうことを言うのか？　解《げ》せぬ」

「興一の手で海を渡り、この屋敷を社にしてから早五十年。二十二年前からは、お前たちを見守っておった」

「それは……聞いた」

「興一の孫は三人で、それはもう実に麗しい双子と、愛らしい赤子だった」

両親が死んで、祖父の屋敷に引き取られたときのことだろうか。

陽都に両親と暮らした記憶はなく、物心ついたときはこの屋敷で暮らしていた。

「何度も私があやしてやったのも、お前は覚えておらんのだろうな」

「俺がまだ赤ん坊だったら、忘れてても仕方ないだろ」

「麗しの双子もそうだ。何度か遊んでやったというのに、私のことをすっかり忘れておった」

「子どもの頃なんだから許してやれよ」

すると、陽都を抱き締めていた水無月の腕が急に緩む。ここぞとばかりに、陽都は体を捩《よじ》ってベッドの上に正座した。

狭いが、水無月と向き合うにはこうするしかない。

「どうした」

「一つ聞きたいんだが、俺がいくつになるまで水無月は俺の子守りをしてた？」

「小学校とやらに入るまでだ」

陽都は記憶の糸をたぐり寄せるが、どこをどうしても水無月の顔は思い出せなかった。こんな綺麗な顔なら、忘れるはずがないのに。

「その様子では、お前もすっかり忘れているようだな。まあ……仕方あるまい。神の戯れを人間に記憶させなかったのだと思え」

「でも……そんな小さい頃から世話をしてもらってたのに」

「あまり真面目に考えるな。私とて、興一と話をする以外は暇で暇で仕方がなかったのだ。そこにお前たちがやってきた。なかなか楽しかったな」

つまり、神様は退屈しのぎにベビーシッターをしていたということか。

陽都は眉間に皺を寄せ、「なんだよそれ」と呆れ声を出す。

「それでも、私がこの屋敷に住む人間たちを見守ってきたことには変わりない」

「あー……うん、それはそうだな」

世話をされた方が覚えていないので、今ひとつ実感は湧かないが。

幼い頃は、世話をしてくれた相手の美醜よりも、地面に転がっている虫や小石の方が大事だったりするので、自分もそうだったのだろう。

陽都は、もし昔のことを覚えていたら自分たちの出会いはドラマチックだったろうなと、そんなことを思う。

「だから陽都。お前は私に潤いを与えろ」

「なんで話がそこに繋がるんだよ……！」

笑顔で両手を広げる水無月に、陽都は正面から突っ込む。

「お前が迷っているから、私は道の一つを指し示したのだが？　不満か？」

「あんたが本当の神様なら、もっと別の道を示すんじゃないか？　おい！」

「すまんな、私は太古の神で昨今の事情はよく分からん」

清々《すがすが》しい笑顔で、いけしゃあしゃあと言う台詞か。

陽都は首を左右に振った。

「私は、ほしい物は求め、それを叶えてきた」

水無月の腕が、陽都の手首をそっと掴んで引き寄せる。

「お前は私の信者なのだから、言うことを聞け」

「そりゃあ聞いてやりたいけどな！　でも俺、ホモじゃないから！」

「………性別にこだわっていては真の快楽は得られんぞ？　お前は特別な信者だ。私に名を奉納した。だから、素晴らしい快楽を与えてやりたい」

真顔でそんなこと言わないでくれ。恥ずかしいし、なにより……まあいいかと思ってしまいそうな自分がいる。これもいわゆる「神様効果」なのか？　それとも俺が信者だからか？

陽都は頭の中であれこれ思いを巡らし、一つの結論を導き出した。

「俺、恋愛がしたいんだ。休みの日はいつも祖父さんと骨董三昧《ざんまい》で、長期休みも祖父さんとよく海外に行ってた。旅行のための体力作りだって、祖父さんや入矢さんたちと山に登ったりキャンプという名の野営をしたり……そんなんで彼女ができるはずがない」

「知っている」

「その代わり、歴史と骨董に詳しいってことで似た趣味の友だちは結構できた。どの年代にもいるんだよな、骨董マニアと歴史マニアは。だから高校も大学も凄く楽しかった。ああ、楽しかったさ。恋愛からはどんどん遠ざかって行ったけど。みんな歴史の人物や骨董に恋をして愛を語るからさ、現実の人間じゃ物足りないとかなんとか………気持ちは分かる」

「それで？」

水無月は優雅に微笑み、陽都の主張を黙って聞く。

「神様が……たとえ太古の神様でも、神様が佐々倉家を見守ってくれてたのは嬉しいし、俺に目を掛けてくれるのも嬉しい。けどそれは……恋愛じゃないんだ」

男同士ということは、今はひとまず横に置いた。

陽都はじっと水無月を見つめ、彼の口が開くのを待つ。

「ふむ。つまりお前は、体だけの関係は嫌だというのだな？　私と恋愛をしたいと。なるほど。今も昔も、人間はまったく変わらん」

「神様なのに、恋愛の何たるかが分かるんですかね？　さっきまでめちゃくちゃなことを言ってましたが！　あんたは！」

陽都はそう言って、水無月に詰め寄った。

水無月は陽都から視線をそっと逸らし、何かを思い出すかのように天井を見上げる。

その表情はひどく優しい。

「そうだな。……あれはきっと恋なのだろう。太古の神は実に人間臭くできているものでな？　陽都。私にも、神格などいらんと思ったことがあったのだよ」

まさかここで神様の「恋バナ」が始まるとは思わなかった。

きっと「私は神だからひれ伏せ」ぐらいの乗りだと思っていたのに、今の水無月の表情は見ているこっちが赤面するほど楽しそうに微笑んでいる。

「す、好きな人が……いたのか」

それが無性に気になって、陽都は水無月に続きを急《せ》かした。

「あの頃はまあ、私もいろいろと荒《すさ》んでおったのだ。何せ、国が滅んで信者が無くなり、あげくの果てに大事な神体が盗人たちの手で砕かれていたのだからな」

「それから？　なあ続き。相手はどんな人？」

だが水無月は曖昧な笑みを浮かべ、「さあ、太古のことだからな」と言って口を閉ざす。

「信者の俺に、知る権利はあると思うんだけど」

「あるわけなかろうが。第一お前は、私の寵愛を拒んでおる」

「寵愛じゃなく強要じゃないか」

「体が慣れれば心も追いつくものだ。そして生涯私を信仰しろ」

「うわ、最悪だ。神様のくせにそんなこと言うなんて」

陽都は悪態をつくが、水無月は聞く耳を持っていないようで「さっさと来い」と言って両手を広げた。

「俺は男で……」

「快楽に染まるのは好きなはずだ」

「若い男なんだから、気持ちのいいことは好きに決まってんだろ！」

「よい返事だ。神と契るのだから、性別にこだわってはならない。よいか？」

「だったら、俺じゃなくてもいいんじゃないか？　神様が潤いたいだけなんだから」

すると水無月は、眉間に皺を寄せてため息をつく。

あきらかに、悪いのは無理強《じ》いしている水無月なのに、そんな態度を取られると自分が悪いのかと勘違いしてしまう。

陽都は「その態度はないんじゃないか？」と唇を尖らせた。

「私に名を奉納したお前は特別なのだと、何度言えば分かる？」

「特別って……特別好きってことかよ！」

言ってから、陽都は「俺は何を言ってるんだ！」と気恥ずかしくて両手で顔を覆った。

「愛い奴め。一人で混乱していろ」

水無月は微笑みながら強引に陽都を抱き締め、そのままベッドに押し倒した。


こんな、ベッドの中で、昨日みたいなことするなんて！　マジでエロいんですけど！　というか、そんなキスするなー！　頭の中が真っ白になるー！

お世辞にも広いとはいえないベッドの中で、陽都は顔を真っ赤にしながら息を荒げる。

見上げる水無月は、見惚《みと》れるほどの微笑みを浮かべていた。

「そんな……余裕な顔、しやがって……っ」

「悪態などいらんぞ、陽都」

汗ばんだ髪を掻き上げる指が優しくて、嬉しいような悔しいような複雑な気持ちになる。

「俺が、神様に名前を奉納してなかったら……こんなこと、してなかったんだろ？」

「さあどうだろうな。とにかくお前は私に懐いていたし、私もお前を愛しいと思った。名前など関係なく、きっとこうしていただろうよ」

「え……？」

「房事《ぼうじ》に関係のないことは、もうやめておけ」

再び水無月の指が動き出し、陽都の下肢からパジャマと下着を取り除いた。

「あ！」

キスで半勃ちになっていた陰茎は、水無月の視線に晒された途端にゆっくりと勃起していく。

「いちいち……見るなよ……っ」

両手を伸ばして股間を隠したが役には立たなかった。

水無月に膝を掴まれ、ぐいと左右に大きく広げられた。

「陽都、手が邪魔だ」

ゆっくりと覆い被さってきた水無月が、低い声で囁く。囁くだけでなく、陽都の耳を舐めたり甘噛みした。

「ん、ん……っ！」

何だ今のっ！　耳って、触られるとこんなに気持ちいいのか？

耳の後ろを撫でられながら、耳たぶを囓《かじ》られて、陽都の腰がぴくんと浮いた。

「手が邪魔では、お前のよいところを可愛がってやれんぞ？　ん？」

耳の中に舌が入って、優しく舐められる。気持ちよくて頭の中が真っ白に染まっていく。声を抑えるのが辛い。

陽都は腰を揺らしながら唇を噛み、堪える。

「素直に声を上げろ。お前を愛でているのは誰だ？」

水無月の笑い声がくすぐったい。

「できるか……っ」

第一童貞なのに、セックスで喘《あえ》ぐことはないだろう。初めてで喘ぎまくっていたら、それはただの淫乱《いんらん》だ。そして男はみっともなく喘ぐものではない。

陽都はそう思っている。

「では、神の技巧を披露しよう。昨日のように、途中でやめたりしないから覚悟しておけ」

言うが早いか、陽都は再び唇を塞《ふさ》がれた。

水無月の舌で口腔を愛撫される心地よさは、もう知っている……と思っていたが、陽都はどれだけ彼が抑えていたかを思い知る。

ただ口腔を舌先でなぞられているだけなのに、陽都は快感に背をのけぞらせた。水無月が触れる場所すべてが甘く痺《しび》れ、陽都の体はいやらしく変化しているような錯覚に陥《おちい》った。

当然、股間を隠していた両手もそのままでいることができずに離れ、力任せにシーツを掴む。過度の快感が苦しくてたまらないのに、陽都の硬く勃起した陰茎は鈴口から先走りを滴らせ、体毛をねっとりと濡らしていく。

「接吻をするときの呼吸の仕方も知らんのか」

陽都が鼻で呼吸をしていないことに気づいた水無月が、苦笑を浮かべながら唇を離した。

「は……っ」

陽都はようやく呼吸を始め、苦しかったのは息が詰まっていたせいだと理解した。恥ずかしい。気持ちいいけど、違う意味で恥ずかしい。

なのに水無月は「どうしてくれよう、この愛い奴め」と上機嫌だ。

ようやく呼吸が整ったと思ったら、水無月の指が今度は乳首に触れてくる。

「あ、あ……っ」

なんでそこ触るんだよ……っ、俺は男で、柔らかい胸なんか持ってないのに！　昨日も触ったりしなかったじゃないか！　そんなふうに摘まれたら……っ！

水無月の指に触られて、陽都は初めて、自分の乳首が勃起していることに気づいた。

指の腹で擦《こす》られ、小刻みに弾かれていくと、放置されたままの陰茎がぴくぴくと動くのが分かる。

「随分と柔らかくなったぞ、陽都。見てみろ、まるで少女の胸だ」

「な……」

体を起こされて自分の胸元に視線を向けると、刺激を受けた乳輪はふっくらと膨らんでいた。

自分の体が、快感でこんなふうに変化するのを初めて見た陽都は、首まで真っ赤にして体を捩り、水無月に背を向ける。

「こ、こんなの、俺じゃない。俺じゃないから……っ」

こんな恥ずかしい目に遭うなら、さっさと水無月の陰茎を扱いて、さっぱりさせてやった方がいい。それが一番だ……と、陽都は混乱した頭でそう思った。

「お、俺ばっかり気持ちよくなっても申し訳ないから……その、水無月をだな……」

「私はお前を可愛がりたいのだ。気にするな」

「潤いは……？　なあ、潤い……」

「お前を抱き締めて潤っている」

そう言うと水無月は背後から抱きつき、両手で陽都の乳首に触れる。

「ぁ、あ……こんなとこで感じるなんて……俺……っ」

水無月が上手いから感じるのか？　そうでなきゃ、男が乳首いじられて気持ちよくなるはずがないじゃないか！

頭では恥ずかしくて憤死しそうなのに、体は水無月の愛撫を受け入れている。乳輪ごと乳首を摘まれ、引っ張られては優しく揉まれる。指の腹で乳首をくりくりと弄られると、陽都はもう我慢できずに快感の声を上げた。

「そこ……っ、だめ、そんなふうに弄られたら、俺もう……出ちゃうよ……っ」

「ん？　お前の一物には、まだ触れておらんぞ？　なのに達するのか？」

水無月が、陽都の耳に唇を押しつけて囁く。彼の陰茎もすでに猛《たけ》り、陽都の尻に先走りを塗りつけていた。

「ホントに……出そうなんだからっ、仕方、ないだろっ」

乳首を引っ張られて乱暴に弾かれると、胸の奥と下腹がきゅんと切なくなる。

「もう少し我慢を覚えろ。そう簡単に射精させるつもりはないのだ」

「無理、もう無理……」

そう言ったのに、陽都はいとも簡単に水無月の手で仰向けに戻された。

イかせろ……と怒鳴る前に乳首を吸われ、陽都の体は快感の電流に満たされる。

あと少し強く吸ってくれたら、きっと射精できたはずなのに。

陽都は恨めしい思いで、水無月の美しい金髪を一房掴んで引っ張った。

「こら、痛いぞ」

「そんな、呑気な文句なんてっ、聞かな………ああぁぁああぁっ！」

乳首を吸われるだけでも目がくらむような快感なのに、水無月の右手で陰嚢《いんのう》を揉まれる。すっかり興奮して持ち上がった陰嚢の重さを、掌で確かめるように転がし、柔らかく揉まれると、陽都の口から生意気な悪態ではない声が漏れた。

「やだっ、そこ揉まないで、揉まないでっ……水無月っ、だめ、だめ……っ」

口ではだめだと言っていても、陽都は水無月が嬲りやすいように膝を曲げて腰を突き出す。

「陽都はここが一番悦いのだな」

「違うっ、俺……オナニーでもっ、玉なんか弄らない……っ」

「では、これからは私がこうして嬲ってやろう。こんなふうに」

水無月は右手で陽都の陰嚢をそっと握り、さっきよりも少しだけ強く揉み始めた。

「ひっ……あ、あぁっ！」

気持ちよすぎて涙が出る。

水無月の両手は陽都の陰嚢だけでなく、会陰《えいん》や後孔までも嬲り始めた。

後孔に指を入れられ、突き上げられても苦痛なんて感じない。今は、水無月に何をされても気持ちよくてたまらなかった。

「だめだ、こんな気持ちいいの……だめ、だめだよ水無月、水無月……っ！」

腰を突き出し、彼に下肢を晒したままで陽都が喘ぐ。

愛しいと囁かれて嬲られ、淫らな格好で腰を振る。漏らしたような勢いで先走りが滴り落ち

て、陽都の下肢とシーツを汚した。

「頼むから……もうイかせてくれ……射精したい射精させて水無月……っ、これ以上我慢したらっ、頭がおかしくなる……っ」

陽都は泣きじゃくりながら、水無月に「お願い」と掠《かす》れた声で哀願する。

「もう少しお前に快楽を味わわせたかったのだが」

水無月は少し残念そうに言って、陽都の陰茎を掴んだ。

陽都は、水無月に銜《くわ》えられる自分の陰茎を期待に満ちた表情で見つめていたが、ほんの少し強く吸われただけで達してしまった。

頭の中で打揚花火が炸裂する。眩《まぶ》しくて、気持ちよくて、何も考えられない。

「あ、あ、あ……うぅっ」

あまりにも呆気ない射精が恥ずかしい。せめて、あと数回扱かれるまでは我慢したかった。

もしかしてこれは、俺が童貞だからか？　だから我慢できなかったのか？

陽都は劣等感に苛《さいな》まれながら、水無月が丁寧に残滓を舐め取る姿を見つめた。

太古とはいえ、美形の太陽神に射精の後始末をしてもらうなんて、バチがあたりそうだ。

「その……ごめん……」

続きは自分がやると体を起こそうとしても、陽都は脱力して動けない。

「気にするな」

水無月は、唇についた陽都の吐精を指先で拭いながら、嬉しそうに微笑む。

「お前はもう起きれんだろう？　そのままでいい」

「でも、その……」

あー……続きやるんだ。俺本当に動けないし、多分……勃起もしないぞ。つか、尻に突っ込まれるってのに、こんな無感動でいいのか？

陽都は、腰を掬い上げられながら色気のないことを思った。

「陽都。お前は今から、神のものになる。よいな？」

神のものって……どういう意味だろう。信者には変わりないよな？　もしかして、神様以外とセックスできなくなるってことか？

陽都は、ぼんやりとした頭でそんなことを考えていたが、水無月の陰茎が後孔に押し当てられたところで我に返る。

「ま、待って！　ちょっと待って！」

「苦痛は感じないだろう？」

「あ、そうなんだ？　…………じゃなく！」

いきなり？　もういきなりやっちゃうのか？

意識したわけではないが、涙が出てきた。

すると水無月が、微笑みながら頭を撫でてくる。優しい動きがずるい。

「あ」

大きな塊が、体を押し開くように入ってきた。たしかに苦痛はないが、その代わり得体の知れない恐怖が陽都の体を包んだ。

「水無月……っ」

思わず彼に縋る。

縋っている相手が自分に恐怖を与えているのだと分かっていても、陽都は縋り付いたままだ。

「いい子だ」

子ども扱いかよと思ったが、相手は何千年も前から存在する神様なので仕方がないと諦める。

ゆっくりと、確実に、陽都の体は水無月で満たされていった。

「どうだ？」

ようやく全てが収まったところで、水無月が話しかけてきた。

「なんか……変な感じ。……本当に、入っちゃったんだ」

陽都は自分の下肢を撫で回し、泣きそうな顔で水無月を見上げる。

「こら、そんな顔をするな」

水無月は「神に愛でられているのだぞ」と付け足して、動き始めた。

「ん、んん……っ」

神様でも、やるときは人間と同じなんだなとそんなところに感心していたが、陽都が思っていたよりも水無月の動きは緩く、とても優しい。

優しくて、陽都の心の中に甘酸っぱい思いがこみ上げてきた。今まで何度も感じたことのある思いだ。

初めてそれを感じたのは、中学三年生の秋。二度目は高校二年生。三度目は大学に入ってすぐの頃だ。

「なんか……やだ……」

「ん？　辛いのか？」

「違う。えっと……その、独り言」

まさか、あのときと同じ気持ちを水無月に持つはずがない。

陽都は曖昧に笑って、水無月にしがみつく。

「余計なことは考えるな」

分かってるけど。ほら、俺は人間ですから。あんたとは違いますから。

陽都は心の中でこっそりと呟き、目を閉じた。

水無月が中で動いているのが分かる。それだけでなく、自分の体も少しずつ熱くなった。

またあの、果てしない快感がやってくるのかと思うと、苦しかったことを忘れて、つい期待してしまう。

「陽都」

水無月の囁きが心地いい。

ゆっくりと突き上げられていくうちに、体の中からじれったい快感が湧き上がってきた。

「俺の体……っ」

水無月の腹で擦られていた陰茎も勃ち上がる。

「俺も……勃っちゃった……」

「お前は素直に感じていればいい」

水無月の声が少し上擦《うわず》っているのが人間っぽくて、陽都は無性に嬉しくなった。

嬉しくて笑おうと思ったところで、急に体に快感の波が押し寄せて驚く。

「は、ぁ……っ」

水無月に浅く突かれるたびに、声が上擦り体がのけぞる。愛撫されていたときとは違う、高い声が出る。

「なんだよこれ……っ、さっきと……違う！　俺の体、変だ」

「変になるよう、こうして可愛がっている。ほら、もっと声を出せ」

水無月の両手で腰を強く掴まれ、体がおかしくなる一点を集中して責められる。

「く、は……っ、あ、ああ、なんだよ、なんだよこれっ！　気持ちいいなんておかしい！　こんなとこ、感じるなんて！」

陽都は淫らな悲鳴を上げ、水無月の陰茎を締め付けた。

「いいぞ、陽都。いい締め付けだ。もっと乱れろ」

そんな恥ずかしいこと言うな、エロ神……！

口を開いたら喘ぎ声しか出ないのが分かっていた。だから陽都は心の中で悪態をつく。だがそれも、快感に流されておしまいだ。

「中、中が……っ変だよ、中が……っ」

陽都は己の陰茎を掴んで、水無月の動きに合わせて扱き始める。

「こら、自分を慰めるのはやめろ。せっかく私が可愛がっているというのに」

「だってこうしないと、俺、イけないっ」

「だめだ。手を離せ」

水無月はそう言って触れるだけのキスをする。

陽都は低く呻き、悔しそうに水無月を見上げながら陰茎から手を離し、代わりにシーツを握り締める。

「よし」

水無月はいっそう強く陽都の肉壁を責め立て始めた。

「気持ちよくさせて、やるからな……っ」

興奮した水無月の声に煽《あお》られて、陽都の快感も高まっていく。

繋がった場所からいやらしい音が響くたびに、最も感じる場所を突き上げられて、気持ちよすぎてつま先に力が入る。

「お、俺っ、漏れそう……っ漏れちゃうよ水無月、漏れるっ！　ああでも気持ちいい！」

本当に漏らすのか、それとも射精したいの、自分の体なのに分からない。

陽都は「あーあーあー」と甲高い声を上げ、水無月に乱暴に突き上げられて陰茎から精液を漏らした。

射精のように勢いはないが、鈴口からとろとろと精液が溢れる。

水無月も低く呻き、ゆっくりと陽都に腰を打ちつけて動きを止めた。

「んんんっ、まだ、まだ俺……イってる……気持ちいい、こんな気持ちいいの初めてだ……。腹の中……すごく熱くて……まだ、気持ちいいよお……」

陽都は体をひくつかせ、快感の余韻《よいん》に浸《ひた》る。

「神のものになるというのは、こういうことだ。お前は私のものだから、人間との性交は許さんぞ」

「やっぱ、それかよ……。でももう……俺、こんな気持ちのいいこと知ったら……水無月以外とセックスできない。……俺の神様」

そう言ったら、また胸の奥が甘酸っぱい気持ちで満たされた。

相手は神様だから、この気持ちを伝えることはないだろうけど、それでも、自分は特別な信者として認めてもらっているからいいか。

今度は、胸の奥がギシギシと痛んだ。鼻の奥がつんとなって涙がにじむ。

「どうした？」

水無月が優しく頭を撫でてくれるのが嬉しい。

陽都は涙目で微笑みながら、「死にそうに眠い」とだけ言った。


生まれて初めてのセックスで、あんなに気持ちよくなれるとは思っていなかった。雑誌やネットの体験談を読んでも、こんな最高の快感を味わったことのある体験者はいなかった。

陽都は電車に揺られながら、そんなことを思った。

翌日、念のためと、花梨の護衛を買って出た陽都は、彼女を無事職場に送り届けてから、自分が入院していた病院へと向かった。

「わざわざ松葉杖を返しに行くこともなかろうに」

隣に腰を下ろしているのは、さっきから車内の女性と一部の男性から熱い視線を送られている水無月だ。

彼は海音が用意した「神様用の服」の中からリネンシャツとコットンパンツをチョイスし、爽やかな格好の美形外国人を装っている。

「買ったんじゃなくて借りてた物だから、返しに行くんだよ。それだけだ」

「ほほう、そして、すっかり健康になった自分を見せに行くのか。よいことだ」

どうやら水無月は、陽都が足の具合を見てもらうのだと思い違いをしていたらしい。急に機嫌がよくなる。

「俺、ちゃんと説明したよな？」

「花梨の朝食が旨かったので忘れた」

花梨は花梨で、水無月が付き添うと言った途端、「美形を侍らせてるって自慢しまくりね！」と喜び、朝食にとパンケーキやらワッフルやら作り始め……とにかく、食卓を流行りの店のオススメメニューの如く華やかにした。

もちろん、職場での水無月自慢も忘れない。

食材の下ごしらえをしていた同僚や後輩たちが、水無月を見た途端に「夢見る少女」になったのが、陽都にも分かった。

「信者の勧誘はすんなよ？　説明するのが大変だから」

「分かっている。私とて騒がれたいわけではない」

そうしてちょうだい。神様は目立つから。

水無月と違い、陽都に向けられる視線は刺々しい。大体は「なんであんたが隣にいるの？」だ。

別に陽都が地味でも不細工なわけでもない。水無月の隣にいたら誰だって霞《かす》む。

「水無月、次で降りるぞ」

「ふむ」

水無月は、初めての電車に少し名残惜しそうな態度を見せる。

「帰りも電車に乗るから」

「そうか！　よし、降りるぞ」

丁度電車が停車したのをいいことに、水無月は陽都の手を握り締めて勢いよくホームに出た。背後で「手を繋いだ！」と女性たちの黄色い悲鳴が地味に上がり、陽都は顔を赤くする。

「手、繋がなくてもいいから。俺があとで大変なことになるから」

公共の場での対応をちゃんと説明しなくてはだめだなと、「なぜだ」と首を傾げる水無月を見て陽都はそう思った。


三ヶ月も世話になった病院なので、顔見知りの看護師や医師が多い。

途中で姉さんが菓子折に気づいてよかった。

陽都は、入院していた外科病棟のナースステーションに行き、感謝と共に松葉杖を返却し、感謝の気持ちを込めて「みなさんで」と菓子折を手渡した。

「佐々倉さん、すっかり元気になって！」

「え？　短期リハビリ？　凄いわ」

「もう歩けるようになったのねえ。よかったわ」

「ところでそちらの外国の方は……？」

彼女たちは普通に歩いている陽都に驚き、口々に「よかった」と言ったあと、視線を水無月に移す。

「祖父さん……祖父の海外の友人です。今、俺の家に下宿しているんです。今日は、俺にもしものことがあったら困ると、付いてきてくれました」

水無月が変な顔をしたが、これはもう「嘘も方便」だ。

看護師たちは「そうなの」と頷き、水無月に熱い視線を送る。彼女たちだけでない。この病院に入ってから、殆どの人間が水無月を視線で追い、老人たちの中には両手を合わせて拝む者もいた。

相手は神様だから当然と言えば当然だが、病院でそれはちょっと洒落にならない。

水無月が目立って騒動になっては大変だと思い、陽都はナースステーションを立ち去ろうとした。

だがそこに、陽都の主治医だった医師が現れる。

「うわ！　佐々倉さん……凄いねえ！　退院して二週間もたっていないのに、リハビリ頑張ったんだね？　凄いよ。これは奇跡だ」

彼は、ぴんと背筋を伸ばして、松葉杖の助けを借りずに立っている陽都に感嘆の声を上げた。

「たしかに奇跡です。俺も最初は信じられませんでしたが……今はこの通り」

陽都は医師の前でぴょんぴょんと跳びはねて見せる。

医師は目を丸くして「人間の体は未だ神秘だね」と笑い、異変があったらすぐ病院に来るようにと言い残して、慌ただしく去った。

「相変わらず、忙しい先生だな」

陽都は医師の背中にぺこりと頭を下げる。

「ふむ。……あれは、よい医師だな」

今まで愛想笑いを浮かべていた水無月が、初めて口を開いた。

「分かるのか？」

「分かる。……それと」

水無月は陽都の耳に唇を寄せ、「そろそろこの世から去る者もな」と囁く。

囁いたのは、水無月なりの気遣いだ。

陽都は「あー……うん」と微妙な表情を浮かべ、看護師たちに「お世話になりました」と礼を言って歩き出す。

「もう構わんのか？」

「ああ。今の俺はどこも悪くないからさ」

それに、水無月がいろんな人にじろじろ見られるのは、いやだ。やっぱ連れてくるんじゃなかった。家で待っててもらえばよかった。神様はやたらと人前に出ちゃだめなんだぞ！

不特定多数の人間に嫉妬してる自分が、なんとも女々しくてみっともない。

陽都はそれが水無月にばれないよう、平静を装って歩き続ける。

「帰りも花梨と一緒なのだろう？」

いきなり何を言うんだろうと思ったが、陽都は「そうだ」と返事をした。

「ならば花梨の仕事が終わるまで、デートとやらをするぞ。私は一度してみたいと思っていたのだ」

「へ？」

「陽都はしたことがあるか？　デート」

「二人っきりはないけど……グループでなら、何度か」

正確にはデートではない。

歴史マニアや骨董マニアの仲間には女子もいて、みんなで古書店巡りや骨董店巡りをし、コンビニで食べ物を調達して公園でのんびり食べる……という大変緩いものなら、数え切れないほどした。

彼氏彼女がいる者ならば、「いやそれはデートでもグループ交際でもないし」と真顔で否定しただろうが、仲間や陽都にはそれが精一杯だったのだ。陽都とてモテないわけではなかったが、マニア過ぎる趣味が壁となって、女子を遠ざける形になっていた。

「この神にも不思議に思うことがある。お前はこんなにも愛らしいのに、性交する相手がいなかったということがな。そのお陰で私は日々潤うことができてありがたいが」

「はは。けどなあ、俺もたまに思ってた。見た目は悪くないのに、なんでこうモテないんだろうって。……けど、好きな子に私と古ぼけた壺のどっちが大事よって言われたら、俺は壺とっちゃうだろうし」

陽都は情けない顔で笑ったあとに、俯《うつむ》いてため息をつく。

「俺、信者として水無月に愛想を尽かされないようにしないと。特別な信者だからって、踏ん反り返ってられないもんな」

「神は人間ほど気は短くない。それに私はお前に大変満足している。快感に身悶える処女が破《は》瓜《か》する姿を見られたのだ。何千年振りかの、最高の潤いだった」

「おい！」

人を女子にたとえるなよ！　そして昼間から語るな！

陽都は顔を赤くして、そっぽを向いた。

平日の昼間、病院へと向かう通りには車ばかりで歩く人は殆ど無く、陽都が頬を染めて歩いても誰も気づかない。

「辛い思いなどさせておらんぞ？　人間は頑丈なようでいて脆《もろ》いものだ」

「たしかに！　俺だって朝、目を覚ましたときはすっきり爽やかで体も軽かったさ。これが神様効果かと思ったよ。どこも痛くなかったし。たまになら、神様に自分を奉納するのもいいなって思った」

あくまで感想だから！　俺たちは神様と信者だから。神様と人間で恋愛は無理だろ。安心しろ、そういうの分かってるから。変な希望なんて持たない。一緒に仕事していけるんだから、
これ以上のことは望まない。絶対にな。

水無月と話すたびに、胸の奥がきゅっと締め付けられる。

でもそれは彼には言えないし、散々「男同士だろ」と悪態をついていた自分にも申し訳が立たない。

きっと恋人同士は、いつもこんな甘酸っぱい気持ちなんだろう。好きになって告白して、両思いになって、ようやく一つになる。陽都の場合は、順番無視の快楽重視だったが、それでも、
水無月のことを思うと心臓がどきどきした。

「相性はいいのだから、我慢せずに求めてこい」

「ばか。気持ちよすぎて死ぬ。俺には祖父さんが残してくれた仕事があるんだ」

「私が傍にいれば問題なかろう。あの人のよい入矢もそう言っていた」

「俺が死ぬまで一緒だもんな」

「当然だ」

「なあ、そしたら……俺が死んだら……水無月はどうなるんだ？　俺が奉納した名前から解放されて、気ままな名無しの神様に戻るのか？」

自分はもう神様のものだから子孫に関しては絶望的だろう。だが、双子の姉たちがいつか結婚し子を成したら、水無月は佐々倉家を守ってくれるのか。

「私はお前が願うことをしてやりたいと思う」

水無月は小さく笑い、歩き出す。

揺れる金色の髪は、太陽が反射して眩しい。

陽都は「デートすんだろ！」と大声を出して、水無月のあとを追った。


現在絶賛無職の陽都は、本来なら自由になる金額は限られるのだが、今朝は海音が「出先で何かあったら困るでしょ」と、一万円札を三枚もくれた。

きっと水無月が、陽都の知らないところで「デートをしてみたい」と言ったのだろう。

海外へ行くとき以外はカードを財布に常備しない陽都は、最初は不思議に思ったが、目の前で大きなチョコレートパフェを幸せそうに食べている水無月を見て、合点がいった。

「おいしい？」

「ああ。実体化できたときに初めて食べた果物も、あまりの旨さと甘さに思考が一時停止したが、この動物性脂肪も素晴らしい」

大きな声でなくて幸いだ。

陽都は、桃のケーキを食べながら頷く。

日本に来てから得た知識なんだろうが、「デートはまず甘い物だ」と言ったのには笑った。

都心のカフェには、甘くて美味しいものを出す店がいっぱいある。

陽都は姉たちからの情報でしか知らないが、とにかく、自分が覚えていた店をスマートフォンで検索し、住所を頼りにやってきて今に至る。

晴れているからとテラス席に案内されたが、きっとここに案内した店員は、水無月の姿が大通りから見えて絵になると思ったからだろう。陽都は、俺が店員ならそうすると思って笑った。

案の定、幸せそうにパフェを食べる水無月は、通りを行く人々の注目を浴びる。

美形とパフェという不思議な組み合わせも相俟《あいま》って、人々は吸い込まれるようにカフェの中へと入っていった。

「食べ終わったらどうしよっか？　ちょっと足を伸ばして上野の博物館へ行く？　ここからだと電車で二十分ぐらい。今、天平《てんぴょう》の宝物展をやってるんだ。そうでなかったら神田の古書を

巡るとか」

　スマートフォンに出た情報を「ほら」と水無月に見せたのに、彼は眉間に皺を寄せた。ライオンが威嚇《いかく》するときの顔に似てる。

「俺、変なこと言ったか？」

「デートは甘露《かんろ》なりと、麗しの双子が言っていたぞ？　美味なるものを食し、意味もなく歩き回り、『可愛いもの』を見つけては立ち止まり、最終的に宿で愛を確かめるものだと」

「双子たちは、陽都が私に奉納されたことを喜んでおったから、愛を確かめるのは屋敷でかまわんな？」

　姉さん！　ねえええさん！

　すっかりその気の水無月の前で、陽都は両手で顔を覆う。

「え？　ちょっと待て。姉さんたちに……昨日のことを言ったのか？」

「当然だろう。お前は特別な信者だが、佐々倉家の跡取りでもある。その跡取りを神のものにしたのだ。話すことが筋だろう」

　合ってる。合ってるけど……そんな……！　いつ言ったんだよ！　俺がまだ寝てるときか？

　陽都はテーブルに額を押しつけ、「俺の神様は悪神だ」と悪態をつく。

「安心しろ。麗しの双子は近いうちに婚礼を挙げるようだからな」

「神様だから、吉兆《きっちょう》が分かるのか」

水無月は返事をするのが面倒なのか、パフェを頬張りながら頷いた。

「それは……本当によかった。祖父さんも心配してたからさ。……けど、俺たちは神と信者だから、愛とか恋とか、そういうのは違うだろ？　間違えるなよ神様」

言っていて自分の心が痛い。笑顔も強ばっているような気がする。

それでも陽都は、明るく努める。

水無月は何か言いたげな表情で陽都を見つめたが、隣の席の女性に「写真を撮らせてください」と言われて、笑顔で応じた。

そのあと、「私の信者になるか？　美しい人間よ」と言ったので、陽都は「やりやがった！　みんな引くぞ！」と慌てる。釣りはいらんと、テーブルに代金を置く用意までした。

なのに。

「信者にしてください」「私も」「あら私も」と、目玉をハートにした女性たちが一斉《いっせい》に水無月に押し寄せた。

水無月は優雅な態度で「その気持ちはしかと受け止めた。信者になることを許す」と言いながら、女性たちの手の甲にキスをして回る。

女性たちの黄色い悲鳴と水無月の態度は、明らかに迷惑行為だ。

陽都は痺れを切らせた他の客が怒り出す前に、水無月の手首を掴んで、できる限りのスピードでレジに向かい、「お釣りはいりませんから！」と言って千円札を三枚置いて、カフェから逃げた。

どれだけ走っていたか分からないが、気がついたら神社の境内《けいだい》に入っていた。

そこでようやく息をつき、額に浮かんだ汗を拭う。

「……あ。パフェが千三百円で俺のケーキセットが八百円だったから……税金分入れても七百円近くもチップ出しちゃったよ。勿体ない」

「それよりもここは、大変申し訳ない気持ちになるんだが」

水無月はそう言って、本殿に向かって「少々邪魔をする」と言い放つ。

「俺に対しても申し訳なく思ってくれないか？　なんであそこで、綺麗なお姉さんたち相手に勧誘するんだよ！　あのまま放っておいたら、大変なことになってたぞ？　おい！」

「私も、いとも簡単に信者が増えて驚いている。……まあそのうち、私のことなど忘れるだろうから、信者の数はいつもの四人にもどるだろう」

「呑気なこと言ってる場合かよー。俺は本当に恥ずかしくて、どうしようかと思ったんだ。今も心臓バクバクだ」

すると、水無月の右手がおもむろに陽都の胸に押し当てられた。

「本当だ。早鐘のようだな。それに熱い」

「それは……っ……ここまで走って来たから……」

Tシャツ越しに水無月の掌を感じる。じわりと、体の奥が甘く疼《うず》いたが、よその神様の敷地で欲情なんてできない。

陽都は一歩後退って、「もっと大人しくしてくれ」と言い聞かせた。

「美形の彼氏だからモテちゃうの自慢……ではないのか？　麗しの双子はそう言っていた」

「俺は、その……モテる彼氏は、違う、モテモテの神様は……いやだ。みんなに同じように微笑むんだろ？　そんなの見たくないし。……ま、まあ神様だから仕方ないんだけどな！」

「ふふふん」

水無月は嬉しそうに目を細め、陽都の右手を両手で握り締める。

「心地よい嫉妬だ。愛い奴め」

「神様に嫉妬してどうするんだよ！」

水無月に遊ばれているような気がしてならない。

陽都は水無月の手を振り解き、「もう帰る」ときびすを返す。

「待て。私はまだデートを満喫していない」

「帰ります！」

陽都はずんずんと勝手に歩き出したが、「博物館に行ってもよいぞー」という水無月の声が聞こえた途端、ぴたりと歩みを止めた。

振り返って「本当か？」と尋ねる。

「神は、嘘はつけんと何度言ったら覚えるのだ、陽都」

「よし！　あのな、実は展示が今日までだったから、行きたくてたまらなかったんだ！　最初は、松葉杖をついてたし、一人で出歩けなかったから我慢してたんだけどさ！　今はこうして歩けるだろ？　だから、行けて嬉しい！」

これが大学生の頃だったら、マニアな友人たちに付き添いを頼んで見に行っただろうが、今は、みな社会人一年生で一生懸命働いている。姉たちも「なんでも言って」と言ってくれたが、華奢な彼女たちに付き添いは難しいだろう。だから陽都は我慢していた。

嬉しいから、走って水無月の元に戻る。

「はしゃぐな」

「神様が治してくれた足だ。ちょっとはしゃいだぐらいで痛くなったりしない」

「当然だ」

水無月は陽都を乱暴に抱き締め、目尻に触れるだけのキスをした。

「よその神様が見てる前で、そういうことをすんな」

「別に気にする必要はない」

「なんでだよ」

「ここの祭神は、天照皇大神《あまてらすすめおおかみ》と豊受大神《とようけのおおかみ》」

「アマテラススメオオカミと？　ヨウケの……？　ん？」

「人間風に言うと、『縁結びの神』だ。ここで私たちが唇を押しつけ合っても、何の問題もないのだぞ？」

「社務所の人に目撃されるだろ！　さっさと電車に乗って、上野に行くぞ！」

陽都は頰を染めて水無月の手を掴んで歩き出す。

水無月は本殿に手を振って「またいつか」と笑った。


「やあ、神様と陽都君。こんばんは」

花梨が今夜作った料理を容器に丁寧に入れている横で、遊園堂の五代目こと入矢が着物姿で茶を飲んでいた。

後かたづけをしているスタッフは、水無月が「神様」と呼ばれたことに驚かない。みな「あの美貌だしね」と各自心の中で納得している。

「入矢さんも、姉さんの送迎？」

「そう。海音ちゃんから連絡を受けてね。男が三人いれば問題ないでしょって言ってたよ～。あの子は相変わらずだね～」

入矢は「ははは」と呑気に笑っていたが、ふと、窓の外を見て立ち上がった。

「おや」

入矢の呑気な声を聞いた花梨は、窓の外に視線を向けて眉間に皺を寄せる。

スタッフたちが「あいつ！」と大声を出したところで、陽都と水無月も気づいた。

「姉さん、あいつが昨日後をつけてきたって男か？」

「そうよ！　また今日も来たなんて！」

花梨はそう言って、凄い剣幕で外に飛び出ようとしたが、陽都が慌てて押し止めた。

「無謀だ！　ここは男に任せろ！」

「いや腹立つでしょ！　舐められてるでしょ私！」

本気で怒る花梨に、スタッフが「花梨さん落ち着いて！」と声を出す。

その間に入矢が教室から出て、大通りの窓からじっと料理教室を見つめている男に声を掛け、なんと室内に連れて来た。

「入矢さん！　ここには殺傷能力の高い器具がいっぱい！」

「あー大丈夫だよ、陽都君。彼はねえ、僕の知り合い。隣町でアンティークショップを開いている香々見《かがみ》君」

なにそれ。

陽都は、呆気にとられ大人しくなった花梨から腕を離した。

ストーカーが入矢の知り合いだなんて、面白くない冗談だ。

「香々見……？　弔問《ちょうもん》客の記帳で見た名前だわ」

花梨の呟きに、入矢が「弔問に来たのは彼のご両親だよ」と言って、言葉を続けた。

「香々見君はストーカーをするような人じゃないと思ってるんだけど〜……何か理由があるんじゃないか？」

入矢に顔を覗き込まれた香々見青年は、スーツの襟を正して背筋を伸ばした。

「その！　ええと……香々見寛武《ひろむ》と申します。遊園堂さんが言ったように、両親と三人でアンティークショップを営んでいます。それで、その、実はそこの美しい女性に一目惚れしてしまって！　つい、どこまでも追いかけていきそうに……」

さっきまで怒っていた花梨の態度が、ころりと変わる。彼女の顔には「私の魅力に落ちたのね！」という勝利者の優越が見えた。

「花梨ちゃんは綺麗だからね〜。でも後をつけるのはよくないな。あとでおじさんとおばさんに話しておこう」

「そんな！　遊園堂さん、それは勘弁してくれ！　そもそも俺は、花梨さんではなく佐々倉骨董さんに会いたかったんだ！　しかしご不幸があっただろう？　それで……そう言えばこの近所に佐々倉さんのお孫さんが働いている場所があったなと……窓ガラス越しに花梨さんを見た瞬間、フオーリンラーブ！」

「人の姉に、何言ってんだ？」

言葉が足りなくて、話は通じているようないないような不安と苛立《いらだ》ちに包まれる。

陽都は思わず口に出したが、その場にいる全員が、心の中で同じことを呟いた。

「解せぬってやつね。私はついでだったのー。ふーん、そーう。ついでに見て、一目惚れって、意味が分からないわ」

「すみません！　花梨さん！　でも俺には、やらなければならない仕事があるんです！　それが終わってから、改めてあなたにご挨拶をさせていただきたい！」

「あらそう。挨拶に来るのは勝手だから構いませんよ。……それで、お仕事とは何？」

花梨の「落とした相手に興味はないわー。まったくないわー」という暗黒面をちらつかせながらの言葉に、香々見は気づかないようだ。

彼は頬を染めて「佐々倉さんから受け取らなければならないものがあるんです！」と言った。

祖父さんが？　だったら、俺か姉さんたちが知っているはずだ。

陽都は首を傾げて花梨を見た。花梨も首を傾げている。

「たしかに、父と僕はおじさんから受け取った骨董があるけど……」

「そういうものではないんです。亡くなった方を悪く言うのは気が引けますが、俺の祖父から借りっぱなしのものはちゃんと返していただきたくて」

そう言ってくれると話が通じる。

陽都は「祖父さんが借りっぱなしだったのか。申し訳ない。で？　物はなんだ？」と尋ねた。

だが香々見は首を左右に振った。

「週末に、改めてそちらに伺います。今ここで言って、『そんなものはなかった』と誤魔化《ごまか》されるのは困りますので」

「香々見君、それは随分と失礼な言い方だな～」

のんびりしている入矢でさえ、今の台詞に不愉快な表情を隠さない。

「しかし、本当のことですから。では、失礼します」

香々見は会釈をして、堂々と教室から出て行った。

「……一つ言ってもいいかしら？」

不愉快な空気の中、花梨が腕を組みながら口を開く。

「あの香々見青年は、やらなきゃならないこと云々《うんぬん》の前に、私の職場を調べていたってことよね？」

佐々倉の住所を調べればいいだけなのに、花梨の職場まで調べているのは、やはりおかしい。

陽都は気味が悪くなって、腕を擦る。

「思い込んだら命がけってところがあったり、相手の他意のない優しさを愛と誤解しちゃう、思い込みの激しいところがあるんだよね～、あの子。ご両親は立派な人なんだけどな～」

「入矢さん、呑気に凄いことを言ってますよ？　かなりヤバイ人じゃないですか」

「うん。でもほら陽都君、僕たちには神様がついてるから！」

入矢の言いたいことは分かるが、スタッフたちは「水無月さんは格闘技をやってるみたいねー」と、脳内変換した。

「みんな怖い思いをさせてごめんなさいね。今日はもういいわ。お疲れ様」

花梨は笑顔でスタッフたちをねぎらい、「駅まで集団でね」と付け足す。

彼女たちは「お疲れ様です！」「また明日」と言いながら、着替えるためにロッカールームに向かった。

「なかなか面白いことになりそうだな。あの手の思い込みの激しい人間は、墓穴を掘るのが大層上手い」

水無月があまりにもあっけらかんと語ったので、陽都はつい笑ってしまう。花梨と入矢も、呆れ顔で頷きながら笑った。

「俺は週末まで、祖父さんが何か書類を残してないか、調べてみる」

「それがいい。僕も空いた時間に手伝うから。あと、父さんにも聞いてみるよ」

入矢が手伝ってくれるならありがたい。それに彼の父親は陽都以上に祖父と海外へ買い付けに行っている。もしかしたら、陽都が知らない何かを知っている可能性が大きい。

「ありがとうございます。よろしくお願いします」

「ということで、僕も週末、お邪魔していいかな？」

「あら大歓迎よ！　入矢さんは舌が肥えているから、料理の腕が鳴るわ！」

花梨も笑顔で答える。

そこへ、バッグを持ったスタッフたちが「お疲れ様でーす！」と言いながら現れ、教室を出て行く。色とりどりの傘を持った彼女たちは尾羽の長い小鳥に見えた。


家に戻ると、珍しく帰宅の早い海音が「お腹空いた」と言いながらみんなを出迎えた。

「ごめんね、これ、今夜のおかず。教室で作ったものだけど、温め直してみんなで食べよう。入矢さんも食べていくでしょ？」

「え？　僕？　嬉しいなあ。ありがとう」

草履《ぞうり》を脱ぎながらニコニコと微笑む入矢に、海音が「花梨のお迎えありがとう」と言う。いつものクールな声音ではなく、なんとなーく親密な雰囲気を漂わせた声を聞き、「海音姉さんがなんか変だ」と陽都も気づいた。

花梨と水無月は、それぞれニヤニヤしつつ、何も言わない。

「私、ご飯食べたらまた仕事場だから。週末まで留守にしちゃうけど大丈夫？　あと、神様用の服をまたしても奉納させていただきます」

海音はそう言って、玄関脇に置いてある大きなボストンバッグを指さした。

「うむ。許す」

水無月は相変わらず偉そうに頷き、その場で中身を探り出す。陽都と入矢は、料理の入った容器を入れた紙バッグを両手に持って食堂に向かった。


ああこれは夢なんだ……と、すぐに気づく夢だった。

熱砂も、カラカラに乾いた空気も、頭上を照らす大きな太陽も、日本ではありえない。相も変わらず、シングルベッドに二人で密着して眠っているから、きっと水無月の夢なのだろうと、陽都は思った。

砕けた城壁と、泣き叫ぶ人の群。逃げる少女を追いかけ、捕まえて笑っている敵軍の兵士。無惨《むざん》な屍《しかばね》を踏み越えて、歩き続ける奴隷たちの列。

ああこれは、戦争に負けた国の有様なんだな。

泣き叫ぶ赤子の声がだんだんと小さくなり、悲鳴や怒声ばかりが聞こえてくる。恐怖で足が震えているというのに、陽都はのろのろと歩き続けた。

これは水無月の夢だから、本当に自分が死ぬことはない。そう思って歩く。

巨大な神殿への参道が現れ、広々とした道の両側には石像が建ち並んでいる。神話がモチーフのようだが、どの神話の神なのか分からない。

みな頭部を破壊されていた。

戦に負けた国の神は、こうして破壊されるのだ。陽都も東南アジアで、何度かこの手の石像を見てきた。

ラクダに乗った精悍《せいかん》な男たちが、剣から血を滴らせて通り過ぎる。

至る所から煙が上がり、髪の毛が焦《こ》げるような嫌な匂いが体にまとわりついた。

……と、正面の神殿から歓声が上がった。

トーブにも似た服を着て、金の装飾を付けた数名の男が、必死の形相でこちらに向かって走ってくる。

その装いから神官か王族だろう。大体、昔から権力を持つのはそのどちらかだ。

彼らは逃げ切ることはできなかった。参道の入り口で待ち構えていた男たちに滅多刺しにされ、身に纏《まと》っていた衣類と装飾を盗まれる。

あの装飾、見たことないな。でも、なんて細やかな細工なんだろう。エジプトの装飾とも違う。金のブローチに透かし柄のネックレス。カメラがあったら写真を撮ってたのにな。これが夢なのが残念だ。

陽都は足を速めて神殿に向かう。血で染まった白亜の階段を急いで駆け上がり、中に入って絶句した。

鮮やかな青色の神体が、略奪者たちによって削られ、砕かれている最中だったのだ。

足元には、最後の瞬間まで祈りを捧げていた人々が倒れている。みな背後から刺し殺されていた。

あれが……水無月の神体か。

巨大なラピスラズリの神体は、神殿の窓から漏れる光に照らされ、キラキラと輝いている。略奪者でなくとも、手に入れたいと思わせる美しさ。

そこへ、一人の男が入ってきた。着ている物が略奪者たちと違い、一目で上等な物だと分かった。彼は顔をすっぽりと覆っていたスカーフを外すと、略奪者たちを一声で追い払い、そして、神体の前に跪《ひざまず》く。

陽都には理解できない言葉を発していたが、言葉を発する男の顔がとても穏やかだったので、祈りを捧げているのかもしれないと思った。

ラピスラズリの神体は、大勢の奴隷たちによって神殿から持ち去られ、男と共に砂の海を渡って新たな国へとやってきた。

一瞬、陽都の視界が暗くなり、次に明るくなったときは、目の前に広がる世界は酒池肉林《しゅちにくりん》。

誰もが神体を崇めている。神体が酒で清められていくと、そこに「水無月」の姿が現れた。

民衆は熱狂し、誰もが黄金の髪を持つ美しい神の化身の前に跪く。純潔の少年少女たちが全裸で現れ、神の愛撫を受けながら自刃《じじん》していく。生贄だ。水無月の足元は酒と血で染まり、人々はなおも熱狂した。

陽都が目を丸くしている間に、神殿に敵兵がなだれ込み、酒池肉林はたちまち阿鼻叫喚《あびきょうかん》の殺戮《さつりく》場へと変貌した。

この国へ神体を持ち帰った男はすでになく、今はその子孫たちが勇ましく戦ったが、みな首をはねられて死んでしまった。

長々と続いた多神教の国は、こうして滅んだ。跡形も残らぬように城は破壊され、石像も破壊され、言葉も歴史も砂の中に葬り去られ、ラピスラズリの神体は加工しやすいように小さな塊へと砕かれ、様々な地に向かった。そして世界が暗転する。

歴史の傍観者となった陽都の前に、一本の道が現れた。道は細く長く、弱々しく光り輝きながら、陽都を導いていく。

「なあ、頼むからさ、その石を俺に加工させてくれ。な？　一世一代の、神様に献上できる置物を作りたいんだ！　ちゃんと台座をつけてやるから！」

癖のない黒い髪とくっきりとした大きな黒い瞳を持った浅黒い肌の少年が必死に頼んでいる。

「これが最後の欠片《かけら》なのだ。私にはもう、この欠片しか残っていない。これをなくしたら、私はこの世から消えてなくなるだろう。太古の神の消滅は世の摂理《せつり》だ」

誰も知らない小さなオアシス。こんこんと湧き出る湧き水の湖の畔《ほとり》で、金髪の男は首を左右に振った。水無月だ。

「だからさ、俺を育ててくれたお礼に、俺はあんたの神体をそれは綺麗な置物に変えてやるって、そう言ってんだろ？　壊す前提で話をすんなよー」

「……文字も言葉も覚えたはずだ。さっさとここから出て、独り立ちしろ。もう子どもではないのだから」

実体化するのももう飽きた。このまま神体の中で眠りにつこうと思っていた水無月の前に、捨て子があった。

産んでも育てられない。けれど自ら手を下すことができずに「誰かに拾ってもらいなさい」と、母親は子どもの運に全てを賭けたのか。

いずれは信者になるだろうと、水無月は赤子を抱き、砂漠へと足を踏み入れる。そして赤子の涙から小さなオアシスと、乳を出すためのヤギを作りあげ、そこで暮らし続けた。

小さなオアシスは楽園と言えるほど豊潤《ほうじゅん》で、赤子は飢えに苦しむことなくすくすくと成長し、今はこうして「育ての親」を困らせていた。

「俺にいなくなってほしいのか？　俺はあんたの信者なんだぞ？」

「そうだったな。お前は信者だ」

「俺は、あんたとずっとここで暮らしたい。ずっと二人でいたい」

「神と人間は共に暮らしていけん」

「俺の命を救ったくせに、俺をここで放り出すのか？　だったら……放り出す前に、せめて俺のことを忘れないようにさせてくれよ」

少年は水無月の腕に縋り付く。裸の上半身が僅かに震え、彼が泣いているのだと分かった。

「勝手に放り出さないでくれ。お願いだから」

少年が水無月の、「本当の名」を囁く。陽都には発音できない、太古の言葉で。

これは何千年も過去の出来事で、変わることのない記憶。

……あの子は水無月の名前をちゃんと言えるんだな。俺には言えない。知らない言葉だ。

水無月も、少年を抱き寄せて太古の言葉で彼の名を呼んだ。とても優しい声で。

何度も慰めているのが聞こえた。陽都はそれを聞きたくなくて、目を閉じ耳を塞いで、世界が明るくなるのをひたすら待った。

目を開くと、水無月は一人でオアシスにいた。だがいつもの彼とは違う。ところどころがうっすらと透け、向こうの景色が見えた。いつも手にしていた神体はどこにもない。

信者だと言った少年の姿もなかった。

少年は神体を持ってオアシスを出て行ったのだろうか。水無月は、自分が消え去ってもいいと思ったのだろうか。

だが陽都の考えは間違っていた。

砂の海の向こうに、ぼんやりと影が見えた。細長い蜃気楼《しんきろう》のような影は、少しずつ濃くなり、やがて一人の青年の姿へと変わる。

水無月は目を見開いて起き上がり、砂を蹴《け》って青年の元に向かった。

「随分と痩《や》せたな。苦労しているのか」

「うん。でももう……いいんだ。あんたにもう一度会えた」

青年はラクダからずり落ち、その場から動かない。水無月は彼の体をそっと起こす。

「なあ、早く逃げて。このオアシスが見つかった。交易の中継点にするって。逃げてくれ神様、俺が神体を持って行ったりしなきゃ……あんたはここでのんびりと暮らせたのに」

青年は腹を押さえながら、荒い息で大事を告げた。

水無月が彼のマントをたくし上げると、そこは真っ赤な血の海。

「お前に、何が起きた」

「ごめんな。俺、これでも頑張ったんだぜ？　死んでも口を割るもんかって……思ったんだ。けど」

「黙れ」

水無月は青年の額に手を置き、彼の身に何が起きたのか理解した。

青年が大事にしていた「たくさんの花弁を持った美しすぎるラピスラズリの青い花」の噂《うわさ》を聞きつけて来た王族の一人が、それを目の当《ま》たりにして「この石はどこにある」と問い詰めた。最後の一つだと言っても信じてもらえずに、逆に盗賊の一人だろうと牢《ろう》に入れられ、責め立てられた。どんなに責められても決して口を割らなかったが、青年を助けようとした友人が、このオアシスの存在を役人に話してしまった。

青年は酷い傷を負ったまま、ここまでの道を先導させられた。断ったら、友人が殺される。けれど旅を始めて数日後の夜、酔った役人の一人が「お前の友は、とうに死んでいる」と笑いながら言ったので、青年は役人たちの寝首を掻き、青い花の神体を両手に包んで眠っていた王族の手首を掻き切り、ここまで逃げた。

「絶対にさ……落とさないように、ここに入れてきた。象牙で台座も作ったんだ。そりゃあ、素晴らしい出来だ。神様、俺があんたの最後の生贄だ。どうか受け取ってくれ」

青年は、血で染まった腹の中から水無月の神体と台座を掴み出し、差し出す。

「バカなことを。これでは治せん。血を失いすぎている」

「もういいんだ。俺、神様に会えてよかった。本当によかった……。だからさ、神様……いつか、俺みたいに親のない子どもがあんたの前に現れたら見守って…愛しいと思ったら、今度はちゃんと愛してやって。素直に愛してやって。俺、あんたに冷たくされるの、凄く辛かったんだぞ。な？　お願いだ神様」

途切れ途切れに、ゆっくりと。時間を掛けて血を流して、青年はそこまで言って動かなくなった。夜空のような黒い瞳は開いたまま、瞬きもしない。

「ああ、お前はなんとよい生贄だ。最後の願い聞き入れよう。ただし私が、人間にそんな感情を抱《いだ》くとは思えんが」

水無月が血に濡れた神体と共に青年を掻き抱くと、砂嵐で視界が遮られた。血まみれの、象牙の台座は砂嵐で砕け散った。

陽都はその場に蹲《うずくま》り、泣き出しそうな自分を叱咤《しった》しながら、神体の行方を追う。

神体は、最初は「ラピスラズリの花」とだけ言われていたが、人々の手を渡り歩いて行くうちに、「青い薔薇」と呼ばれるようになった。神の宿る神秘の青い薔薇は、花弁が一枚も欠けることなく、イスタンブールのとある骨董店の店先に飾られていた。

「おお、これだこれだ！　私がほしかったのはこの薔薇だ！」

最後に、写真でしか見たことのない、若々しい祖父の笑顔で夢から覚めた。

陽都は低く呻きながらゆっくりと体を起こし、隣ですやすやと眠っている水無月の顔を見下ろす。

「なあ、俺って神様に愛されてたの？」

自分の知らない太古に交わされた約束を見てきて、陽都の心境は複雑だ。

「俺は……誰の代わりでもないよな？　だとしたら、俺が神様のこと好きになっても大丈夫なんだよな？」

最高の快感を与えてくれた相手を好きになるなんて、「体が先」にも程がある。それでも、好きでなかったら、あそこまで気持ちよくなれなかっただろう。

あの夢が事実なら、陽都は「相手は神様だし」と諦めたりせず、「一緒にいてくれるだけでいい」と健気《けなげ》なのか卑屈《ひくつ》なのか分からない思いもしなくていい。

「それとも俺、子どもの頃にすり込みでもされてたのか？」

「失敬な信者だ。私は、泣き止まぬお前の唇に自分の唇を押しつけただけだ。それ以外のことはしておらん」

いきなり目を開けて、水無月が爆弾発言をした。

「俺……まだ、一歳かそこいらのとき……だよな？　それって」

「いや。最後にキスをしてやったのは……お前が五歳のときだ」

「お、覚えてない！　覚えてないぞ俺は！　幼児に欲情するなんて、とんだエロ神だ！」

「キスをすると泣き止んだのだ、お前は。愛らしかったぞ」

俺のファーストキスが……俺の知らないところですでに奪われていたなんて……っ！

陽都は顔を赤くして「最悪だ」と悪態をつく。

「最悪なのは私の方だ。……人の記憶を盗み見おって」

水無月は右手で顔を覆い、乱暴に前髪を掻き上げた。

「一緒に寝てるし、それに……俺は神様のものだから、だから……見えてもいいんだ」

「知られたくなかった」

「でも俺は……知ってよかった」

陽都は水無月に覆い被さり、自分から彼の唇にキスをする。

「赤ん坊の俺に手を付けた責任、ちゃんと取ってくれ」

「物騒なことを言うな」

「じゃあ……違うのか？」

すると水無月は視線を逸らし、「お前は赤子の頃から愛らしかった」と言った。照れているのか耳が少し赤い。

「神様が照れてる……」

「当然だろうが！　太古の神は実に人間くさい！」

水無月はいきおいよく起き上がると、いつもの偉そうな態度はどこへやら、頬を染めて陽都を睨んだ。

「……水無月」

「なんだ」

「なんか……可愛い。神様なのに照れてて可愛い」

一気に親近感が増す。前よりももっと「好きだなあ」と思う。

陽都は自分も顔を赤くしながら笑った。

「情けない。太陽神ともあろう私が……情けない」

なのに水無月は、「こんな姿は私ではない」と、イメージを守りすぎて一人で狼狽える。

「情けないところを見ても、俺は……その、……水無月が好きだ。ずっと一緒に仕事して、俺が死ぬまで傍にいてほしい」

言った。さり気なく、緊張せずに言えた……と、陽都は心の中で拳を突き上げた。

「いるぞ、傍に。どこにも逃がさない。何があっても私の傍に置く」

「俺は、その……代わりとかじゃない、よな？」

「あぁ？」

水無月は不機嫌な声を上げ、乱暴に陽都を押し倒す。

「いや、でもその……代わりでもいい、今度は上手くやれるだろ？」

気になったから最初に聞いておこうと思っただけなのに、水無月は怒っている。

「お前は本当に代わりでいいのか？」

「え」

「本当に、身代わりでいいんだな？」

「そ、そんなの……」

脅《おど》すような低い声に、陽都は首を左右に振った。

「身代わりなんて、誰かの代わりなんて俺はいやだ！　絶対に嫌だっ！」

「誰にでも過去はあろう？　人でも神でも。……たしかに最後の願いに後押しされた。絶対に叶えてやりたかった。だがな、初めてこの屋敷に来たお前を見て、ときめいたのもたしかだ」

赤子の俺にときめかないでくれ。神様、どんどんヤバイ神様になっていく！

陽都は心の中でこっそり突っ込みを入れる。

「だからこそ、成長する様をずっと見守っていた。そしてお前は、成人しても童貞のままだったが、ひねくれることなく素直に育ってくれた。私はとても嬉しい。お前の純潔は私だけのものだ」

「だから、言葉責めはやめてくれ」

「愛い奴め。朝からとろけさせてやろうか？」

「え？　朝飯……」

「お前の一物は、すでに猛っておるぞ、陽都」

それ朝勃ちだと思うんだけど！　あ、あ……！　いきなり弄るなっ！　あ、だめっ！

水無月の筋張った長い指が、下着の中に強引に入って、陽都の陰茎を直に弄り始めた。

「あ、ぁ……っ、んんっ……水無月っ……だめ、気持ちいい……っ」

「素直でいい子だ。ほら、もっと可愛がってやろうな」

先走りが溢れ出した鈴口を指の腹で擦りながら、キスをされる。口腔と鈴口の、二つの粘膜を同時に愛されて、陽都はすぐに陥落《かんらく》した。

神の指先は淫らで意地が悪い。

陽都は自分でパジャマと下着を脱ぎ、水無月のパジャマと下着に手を掛ける。我ながらぎこちなかったが、慣れているよりはましだろう。

「ああ、いいぞ、陽都。いやらしいことはすぐに覚える」

「だって、俺もっ、水無月を……っ……気持ちよくさせたいからっ」

「技巧は拙《つたな》いがな」

「だったら水無月から……習うからっ恥ずかしいこと全部……神様に教えてもらう」

「ああ、いくらでも教育してやる」

キスの合間に囁かれる睦言《むつごと》。

水無月は照れくさそうに、何度も「愛している」と言ってくれた。

照れた神様が泣くほど可愛くて、陽都は「俺も俺も」と言いながら、彼にしがみついて泣きべそをかいた。


入矢に書類の整理を手伝ってもらっても、入矢の父から話を聞いても、祖父の日記を読んでも、誰かに何かを借りたという記載は一つも無かった。

「水無月は何か知らないか？」

今ここにいる中で、もっとも祖父と長い間一緒にいたのは水無月だ。

だが彼は首を左右に振る。

「興一の性格に限って、借りた物を返さないというのはないだろう。我が家に持って帰ると決めた骨董に関して、代金は払っていた。…………ああ、一度ギャンブルで品物を手に入れたことがあったな。あれだ、コインの裏表を使った賭け事だ。負けたら身ぐるみが剥《は》がされるところだった。興一の強運を目の当たりにして、私もこいつのところへなら喜んでいこうと思ったほどだ」

一番凄い入手方法を聞いてしまった！

入矢と陽都は顔を見合わせ、そして、もしやとある答えにたどり着く。

「賭博《とばく》は戒律違反だと思うんだけど～コイントスなら……ギリオッケー？」

「勝敗を決めているのが外国人同士なら、コイントスなら問題はないかと」

入矢と陽都は、そう言って己を納得させる。

「先に私を見つけたのは興一で、後から来た男が『私も目を付けていた！　心の中で予約していたんだ！』ととぼけたことを言ってな、店の中で言い争いになった。ああそう言えば二人とも日本人だったぞ」

それを早く言って！

入矢と陽都は仲良く心の中で突っ込みを入れる。

「それで、だ。五回勝負で興一が五回とも勝った。こんな面白いもの、数千年ぶりだと思っていた私が、無意識のうちに興一に荷担していたかもしれん」

「あー……うん、それは本当にありそうだ」

陽都は祖父の日記を本棚に戻しながら笑った。

「今の話も面白かったけど、貸し借りの話じゃないからね〜」

「ですよね。これはもう、香々見さんが来てから聞くしかなさそうだ」

彼が変な態度を取っても、こっちには男が二人に神様が一人いる。さすがに大事は起きないだろう。

「まあ、何にせよ……災いの芽は抜いておくに限る」

「はは。神様が言うと、言葉が重いな〜」

入矢はそう言って、スクラップブックを持ちあげた水無月に両手を合わせた。


香々見は几帳面《きちょうめん》らしく、前日に電話で「明日の午後二時に伺います」と知らせてきた。

そして翌日、二時ぴったりに佐々倉家に現れた。

スーツ姿で現れた彼は骨董だらけの玄関に入った途端、目を丸くして言葉を失う。

「こんな素晴らしいものがたくさんあるのに、壺や花瓶が乱雑に置かれすぎです。絵画や掛け軸はちゃんと保管しているんでしょうね？」

彼は陽都に菓子折を渡しながら息巻いた。

「うちは絵画は扱わないんだ。掛け軸はたまーに常連さんが持ってくる程度だった。壺や織物、小物が一番多い」

「そうですか。それは安心しました」

「では、応接室にどうぞ」

今のところ、気になるような変な行動はない。

陽都は全員が揃っている応接間に香々見を通し、ソファを勧めた。

花梨と海音がお茶の用意をし、全員にカップが行き届いたところで、香々見が口を開いた。

「ありがとうございます。ではさっそく本題に入りたいのですがよろしいですか？」

「どうぞ」

佐々倉家を代表して、陽都が返事をする。

「実は私の祖父が、生前いつも言っていたことがあります。佐々倉に騙されたと。最初は何を言っているのかと思っていましたが、祖父の話を聞いていくうちに、これは何かおかしいなと思うようになりました。どう考えても、詐欺なんです。祖父は『悔しかったが貸してやった。私が返せと言えばいつでも戻って来るはずなのに、あいつはのらりくらりと話を躱《かわ》し、結局返さなかった』と」

「失礼ですが、お祖父さんに認知症の疑いは？」

「ありませんでした。それよりも……この写真を見ていただきたい。これが、祖父が持っていた神秘の青い薔薇です」

香々見がスーツの内ポケットから出した写真は、随分と古い物で、あとから色づけしたようなカラー写真だったが、そこにはたしかに「ラピスラズリの青い薔薇」が写っていた。

二人の若い男が笑顔で並び、向かって右の背の低い男が青い薔薇を掌に載せている。

「ねえねえ、左側のいい男って……もしかしてお祖父ちゃんじゃない？」

「うん、お祖父ちゃん！」

双子の姉たちは、若かりし頃の祖父を見て「カッコイイ」を連発した。

香々見は微妙な表情を浮かべていたが、これには入矢が「女子とはそういうものだから」と慰める。

「……というわけで、この通り、俺の祖父が持っていた青い薔薇を、返していただきたい」

「いや待て、小僧」

陽都の座っていたソファの肘掛けに腰を下ろしていた水無月が、口を挟む。

当然だ。青い薔薇の真の持ち主は、この神様なのだから。

「小僧……？　失礼ですが、俺は貴方と大して年は変わらないように見えますが！」

「ああすまん。つい口から出ただけだ。気にすることじゃない。……で、その写真だが、賭けに負けて余りに悔しがるお前の祖父のために、興一が仕方なく薔薇を持たせて写真を撮ったのだぞ？　それを詐欺などと言いがかりを付けるものではない」

当時をよく知る人が、ここにいました。というか、やっぱりそうなのかよ！

陽都は、冷静に突っ込みを入れる水無月を見上げ、「よく覚えてるな」と感心した。

「意味が分かりません。祖父の若い頃の話なのに、彼が知っているわけがありません。でたらめを言わないでください」

「仕方なかろう。私は神で、そこに写っている青い薔薇が私の神体である」

双子の姉が「言っちゃったわ」と呟き、入矢が「香々見君が言いふらしても冗談にされるから大丈夫」と、ちょっと酷いフォローを入れる。

「神？　神が目に見えるわけがない。バカにしないでください」

「私を信じなくとも、青い薔薇の主は興一だった。今は、孫の陽都が持ち主だ。佐々倉家門外不出の宝である」

香々見が青ざめた顔で、一気に紅茶を飲み干した。

「私の祖父が……嘘を言うわけがない。とてもいい祖父で……たしかに両親は祖父の天真爛漫《てんしんらんまん》な態度に振り回されもしましたが、それでも、私は祖父の遺志を継ぎたい」

香々見以外の全員が、「さてどうしようか」と目配せをする。

「ふむ、そうだな。いっそ私が記憶を改ざん……」

「待ってくれ水無月。神様はどっしり構えてくれ。罰を当てるときは落雷で」

「落雷は私の管轄ではないぞ、陽都」

「そうだっけ、ごめん」

神様と信者のカップルが呑気なぼけ突っ込みを披露する横で、香々見が「ではせめて、実物をこの家の中で見せてください」と気の抜けた声で言った。

それさえ「いやだ」と言うほど今ここにいる人間は意地悪じゃない。

「いいですよ。今、持ってきますね」

陽都は席を立ち、応接室のドアを開け放ったまま、向かいにある祖父の部屋のドアを開け、右手にむんずと薔薇を掴んで戻って来た。

「そういう持ち方をしていいものではないんだが」

水無月がしかめっ面で指摘するが、陽都は「絶対に壊れないって分かったから」と笑顔で言い返す。掌に載せて大事に持つよりも、こうして、しっかりと握り締める方がこの置物には合っているような気がした。

陽都はテーブルの上に青い薔薇を置く。

「やっぱり……綺麗ね」

「ええ。とても神秘的……」

「神様の住処《すみか》に相応しい～」

「祖父が、これを手放すわけがない。やはりこれは返してもらわなければ！」

香々見がいきなり手を伸ばしたので、陽都は焦って彼の手を叩いた。

「この薔薇は俺が受け継いだ物だ。他人に勝手に触らせない」

陽都は改めて薔薇を握り締め、「はい」と水無月に手渡す。

香々見はしばらく悔しそうに唸っていたが、ふと、「いい考えが浮かびました」と大声を出した。

「佐々倉家門外不出ならば……私が佐々倉家に入ればいいことです。花梨さん！　俺を婿養子にしてくださいっ！」

「絶対に嫌」

花梨は最高の微笑を浮かべ、言葉の刃で香々見を刺した。

「相変わらず容赦がないね〜。花梨ちゃんは〜」

「相手に期待を持たせちゃだめなのよ。特にこういう人は勝手に勘違いするから、最初が肝心なの。というか、私はまだ嫁に行く予定はないから」

花梨は「一人が楽よ〜」と言いながら、海音にウインクをする。

すると香々見は今度は海音に「ではあなた！　あなたも佐々倉家の人間でしょう？　俺を婿養子にしてください！」と、とんでもないことを言った。

「あのね香々見君。海音ちゃんは僕と結婚することが決まってるんだ。勝手なことを言うと……大変な目に遭うよ？」

有名骨董屋の呑気な五代目は、いつもの優しい表情はどこへやら、射るような鋭い視線で香々見を睨む。

「えっ！」

驚くべきは香々見なのだろうが、先に驚いたのは陽都だった。

すかさず海音に「そんなに驚くこと？」とクールに突っ込まれる。

「いやだって……そんな親しかったような感じがなかったから」

「おおっぴらにイチャイチャする性格じゃないでしょ？　私は」

その通りでした、姉上様。

陽都は曖昧に頷きながら、視線を入矢に向けた。将来の義兄は、照れくさそうに笑っている。

「……というわけなのよ、香々見さん。佐々倉家には関わらないでもらえます？」

花梨が「うふふ」と優雅に微笑み、目の焦点が定まらぬ香々見に言った。

「この俺が……撃沈、とは……！」

「ふむ。よほど己に自信があったようだな」

水無月は感心した声を出すが、それは、香々見の心の傷に塩やら辛子《からし》やらわさびを塗りたくるのと同じ効果があった。

陽都と入矢は「精神攻撃キツイ」「立ち直れないな～」と言って、香々見に同情の眼差しを送った。

「俺をそんな目で見るなっ！　こいつは……こいつは！　俺よりも美形なのは認めるが！　自

分を神という頭のおかしな男だぞ！　おかしな男の言った言葉を、信じるのか！」

「だって私たち信者だもの」

花梨の言葉に、海音と入矢、陽都が深く頷く。

「怪しげな新興宗教にハマっている連中に、青い花の置物を渡すわけにはいかない！　祖父が草場の陰で泣いている！」

香々見は、だだっ子のように喚《わめ》き、絨毯《じゅうたん》の上に座り込んで「俺のだ俺のだ」を繰り返した。

「なあ、水無月……いっそ、あの人にもあんたの奇跡を見せてやったらどうだ？　そしたら信者になるんじゃないか？」

この事態を収めるにはそれしかないと思った陽都は、水無月に提案してみるが、水無月は真顔で「あれを信者にほしくない」と言った。

最初に噴き出したのは入矢で、「ちょっと！」と言いながら海音も噴き出す。花梨は両手で口を押さえて肩を震わせ、陽都は水無月の腕を叩きながら笑いを堪えた。

その親密な様子を目の当たりにした香々見は、「俺だけ仲間外れか！」と怒鳴るが、入矢に「そもそも仲間じゃないだろう？」と突っ込まれて、再び撃沈する。

「俺を馬鹿にして、そんなに楽しいか！　俺の祖父は、こんな奴らに騙されたのか！」

「神は嘘をつく術を知らんのだ。……ほら、最後によく見せてやる。写真を撮っても構わない。これで諦めろ。いつまでも思いを引き摺ったままでいると、よいことは一つも起こらんぞ」

喚く香々見を哀れに思ったのか、水無月は手に持っていた青い薔薇をテーブルに置いた。

陽都は目を丸くして、青い薔薇と水無月を何度も交互に見る。

「私は、神体が争いの元になるのは好かん」

その瞬間、陽都の脳裏に水無月の夢が過ぎった。

たくさんの戦い。

忘れ去られた小さなオアシス。拾い子との穏やかな生活。

けれど、美しい神体のせいで全て壊された。

「一度は人間に託した。己の半身のように愛した人間にだ。あのときは、我が身は消えても構わないと思ったのだがな……結局は私の元に戻ってきた。そして数多《あまた》の人間の手を渡り歩き、今はここにいる。……そして私はこの社が気に入っているのだ。だからもう、どこにも行かん」

誰も何も言わない。

香々見は無言でスマートフォンを掴むと、何度もシャッターを押した。

誰もが、「ようやく分かってくれたか」と、そう思ったとき。

「だったら……俺が争いを終わらせればいいんだ。俺の物になれば、万事解決！」

香々見は手を伸ばして青い薔薇を掴み、勢いよく立ち上がると、前を塞いでいた陽都の足を力任せに蹴った。

陽都は自分に何が起きたのか分からず、右足に受けた衝撃で大きく揺らめいた。

「陽都！」

「陽都君！」

みな、彼が事故で右足に重傷を負ったのを知っている。水無月に治してもらって傷まで消えたと分かっていても、受けた衝撃は大きい。

陽都が倒れるよりも先に、水無月がしっかりと彼を抱き留めた。

たしかに、しっかりと抱き留められた。だが、見上げた水無月の顔から一瞬表情が消えたのを陽都は見逃さなかった。

「水無月。俺は大丈夫」

初めて見る水無月の怒りの表情に、陽都は彼を宥《なだ》めるように「大丈夫」を繰り返す。

誰も、逃げる香々見を追わない。

「足は大丈夫なの？」

「また怪我してたら……洒落にならないわ」

花梨も海音も、泣きそうに顔を歪《ゆが》めてその場に座り込む。

入矢は「ちょっと香々見君の家に電話をかけておく」と言って、着物の懐《ふところ》からスマートフォンを取り出して廊下に出た。

たしかに痛い。メチャクチャ痛い。けれどどこの痛みに、「俺はどうなるんだろう」という不安は少しもなかった。

陽都は真剣に心配している姉たちに笑顔を見せ、「大丈夫」と安心させる。

「普通の痛みだから。ヤバイ痛みじゃないから、そんなに心配しないで。ほら、な？」

そう言って右足を見せようとジーンズの裾を捲る。穿《は》いていたのが緩めのジーンズだったので、臑《すね》を出すのに問題はなかった。

そこは赤く色が変わっていたが、それ以外の外傷はどこにもない。

「これ、今夜には紫色になるわね」

「ええ。そのあとに、腐った桃みたいな色になっちゃうのよね」

海音が安堵しながらも冷静に痣《あざ》を観察し、花梨が頷きながらあとを続ける。

「他に……どこか痛むところはないか？」

水無月の顔はいつもと同じ。怒りは押し戻したようだ。

「大丈夫。臑って、誰が蹴られても痛いだろ？」

「そういう問題ではない」

水無月が姉弟の見ている前で陽都の痣に触れた。すると、瞬く間に痣が消える。

さすがは神様。

姉妹が「ほほう」と感心し、陽都は「どこも痛くない。俺は大丈夫だ。水無月が助けてくれただろ？　な？」と、水無月の首に抱きついてぐりぐりと甘える。

「人前でいちゃいちゃしないでよ。端《はた》から見たらゲイのカップルよあなたたちは」

「店に変な噂がたったら困るでしょ」

花梨と海音に諭《さと》されて、陽都は「そうだった」と言って水無月から離れた。

「私は神なんだが」

「意見はするけど、ちゃんと信仰してるわ」

花梨の横で海音もうんうんと頷いている。

水無月が渋い表情で低く唸ったところで、入矢が応接間に戻ってきた。

「香々見君のご両親に、めちゃくちゃ謝罪されたよ。向こうのご家族は、薔薇の置物の話は知っていたが、『騙された云々』に関してまったく信じていなかった。香々見家のお祖父さんは、目利きではなかったそうで、人がいいと言った物を俺の物だと言って強引に購入し、トラブルを起こしていたそうだ」

この祖父にして、あの孫あり……と言ったところか。

陽都は呆れてため息をつく。

「自分の父親が、話を盛りに盛りまくる性格をしていたから、ご主人は真面目にコツコツと努力して、奥さんと二人でアンティーク店を経営しているっていうのに、その息子が祖父そっくりじゃ大変だろうな」

入矢は香々見の両親に同情した。

陽都も同じ気持ちだ。しかし、今は青い薔薇を取り戻すのが先。

「壊れることはないと思うが……信者でない人間に神体を持たれるのは気色が悪い」

「消えたりしない？　酒を注がないと消えちゃうんだろ？」

「いやいや。酒は好物だからほしいが……信者がいるのに消えるわけがない」

水無月は「己で消えようと思わん限りはな」と付け足した。

「消えないでくれよ！　絶対に！」

陽都が大声を出し、双子と入矢も「消えちゃダメ！」と血相を変える。

水無月は嬉しそうに目を細めて笑った。


「とにかく、私が神体を取り戻す」

水無月は、陽都の作ったシャーイを飲みながら、信者たちに言った。

角砂糖を四つも入れて、頭が痛くなるほど甘いシャーイになっているはずだが、旨そうに飲む。

入矢も飲み慣れた物なので、角砂糖をどばどば入れて旨そうに飲んだが、花梨と海音は角砂糖は一つと控えめだ。

「だったら俺も行く。俺は祖父さんから水無月の神体を譲り受けたんだから、俺が取り戻す」

「相手は何をしでかすかわからないわよ？　陽都」

海音の冷静な言葉に、陽都は「分かってる」と言い返した。

「二人だけで行かせるのは心配なんだけど〜」

香々見を紹介してしまった入矢が、責任を感じて「僕も行く」と言ったが、陽都は「ありがとう、でも神様がついてるから大丈夫」と辞退する。

「そうよね。神様が一緒なら、陽都に大事が起きるわけがない。ここは二人に頑張ってもらいましょう。そして、あの頭がお花畑の男を完膚《かんぷ》なきまで打ちのめしてやって」

花梨は、いつものゆるふわはどこへやら、仁王立ちで言い放った。

「お前は外見と違って気が強い子どもだったな。海音は逆に泣き虫で、いつも花梨のスカートの裾を掴んでいた。それを思い出したぞ」

微笑む水無月とは逆に、花梨と海音は顔を見合わせ「なんで知ってるの？」と声を揃える。

そして彼は、陽都が「ほんとかよ」と驚いた子守りの話を、彼女たちに聞かせた。


「姉さんたちの慌て振りが凄かったな。『なんで覚えてないの？』って二人とも顔を真っ赤にしてた」

「この美貌を忘れるとは薄情な双子だ」

水無月も、彼女たちの狼狽え振りを思い出して小さく笑う。

今にも雨が降りそうな天気だったので、傘を持って外に出た。

香々見がどこにいるかは……というよりも、神体のある場所は水無月が分かるそうだ。

「向こう。あまり遠くはないな」

大変大ざっぱな指図だが、陽都は水無月に従う。

「追い詰めすぎるのもよくないんだよな？　神体を池や川に投げられたらアウトだ」

「神のいる場所であれば、交渉すればどうにかなろう」

「え！　そういうもんなの？」

初耳だが、よく考えるとなきにしもあらず。

水の神様だって、他の神様の神体に居座られたら気まずいだろう。日本には八百万《やおよろず》の神様がいるのだから。

「なあ水無月」

「ん？」

「日本に来てよかったな。この国は、神に対して果てしなく寛大だ」

陽都は急に自分の母国が愛しく感じた。水無月は「ふむ」と頷いて、いきなり陽都を抱き締める。

往来でこれはだめだともがくが、幸運なことに人の姿はなかった。

「私は、お前に出会えて嬉しい」

ぎゅうぎゅうとひとしきり抱き締められてから、解放される。

「水無月！」

「人前ではない」

たしかに人はいなかったが「公共の場」だ。

陽都は顔を真っ赤にして、傘を両手で掴んで恥ずかしさを表現した。

「相変わらず愛い奴だ。……おや、移動したぞ？　向こうだ」

斜め前を指さされても、そこにあるのは民家です、神様。

陽都は「ええと……遠回りになるけど、右に曲がってから……」と、スマートフォンをジーンズのポケットから出して、地図を表示した。

「私が本体に戻って取り戻してこよう。まどろっこしい」

「それは絶対にダメだ！」

水無月が怒りを露《あら》わにした顔を見ている。あの怒りを人間に向けたら、おそらく香々見は無事では済まないだろう。

陽都は、水無月に酷いことはさせたくなかった。

「私の目の前でお前が暴力を受けるなど……耐えられん」

「俺、ちゃんと守られてるよ。分かるよ、水無月。蹴り方が悪かったら、もう少し力が入ってたら、もしかしたら俺はまた骨を折ってたかもしれない。けど、痣ができただけだし」

水無月が俯き、首を左右に振る。

他の誰にも見せない、水無月の焦りと弱さを前にして、陽都は彼に対する愛しさが増した。

「陽都。私はお前が愛しくてならん」

「うん。俺も愛してる。……俺は神様に愛されてるんだから、酷い目には絶対に遭わない。だから水無月も、もっと自分を信じろ。太陽神だろ？　神様の中で一番だ」

陽都は右手を伸ばして水無月の頭を乱暴に、たっぷりと愛を込めて撫で回す。

「まるで小さな子どもだな、私は」

撫でられてぐしゃぐしゃになった髪のまま、水無月が顔を赤くした。

「人間っぽくて、俺は好きだ」

陽都は水無月の手を握り締め、再び歩き出す。

誰かとすれ違っても、絶対に水無月の手は離さなかった。

水無月の「あっちだ」「こっち」という指示に従って歩いていくうちに、ポッポッと雨が降ってきた。

陽都は傘を差し、「はい」と水無月に差し出す。

相合い傘は、背の高い方が傘を持つ。

水無月は楽しそうに左手で傘を持ち、右手を陽都の腰に回して引き寄せた。

「ほほう」

「……ここらへんは、俺の知り合いも結構住んでるんだけど」

「それで」

「腰に手を回すのは、一般の人には刺激が強いのでできれば我慢してくれ」

俺の今後もかかってるんです、神様。一つよろしくお願いします。

陽都の祈りが通じたようで、水無月は「仕方あるまい」と素直に手を離した。

「その代わり、全て片づいたあとは、寝かせんぞ」

耳元に囁かれたら、今すぐしたくなるだろ！　このエロ神様めっ！

陽都は頬を染めて「今は神体のことだけ考えろよ」とそっぽを向いて突っ込みを入れる。

「真剣に考えているぞ？　私の神体はここにある」

水無月が立ち止まって指さした先は、なんと、「香々見アンティーク」の看板が掛かったアンティークショップだった。

「俺……足の力が抜けそう」

「信者にしなくて本当によかった。こんな馬鹿だとは思わなかった」

一通り感想を言ったところで、二人は傘を閉じて店内に入った。

が。

すでに嵐が吹き荒れていた。

「お前はなんてことをしたの！　遊園堂さんからの電話で！　お母さんは顔から火が出るほど恥ずかしかったわ！」

「俺はお祖父さんの遺志を継いで……」

「そんな遺志は、卵と小麦粉とパン粉をつけてフライにして食べちゃいなさい！」

「馬鹿にするな！」

「こら寛武、それは馬鹿に失礼だろう。とにかく父さんも母さんも、お祖父ちゃんには本当に迷惑してきたんだから、目を覚ましなさい」

「俺は目覚めている！　新興宗教の神を崇めて怪しげな儀式をしている連中とは違うんだ！」

もしかしてそれは、俺たちのことだろうか。

陽都と水無月は顔を合わせ、仲良く肩を竦めて見せる。

「佐々倉さんには、お祖父ちゃんのことでいろいろ世話になったっていうのに！　この子は！　カラッと揚げて唐揚げ丼にしちゃうわよ！」

「母さんは、俺が鶏肉嫌いなのに　なんで唐揚げを作るんだよ！」

「それは俺の好物だからな。お母さんは俺のためにいつも美味しい料理を作ってくれているだろう？」

父親がさっきからマイペースすぎる。でも面白い。

どこらへんで話しかければいいかなと様子を窺《うかが》っていたら、香々見がこっちに気づいた。

「何しに来たっ！　この詐欺師と教祖っ！」

酷い言われようだが、「こら」と香々見の母が彼を背負い投げで床に転がす。見事な技だ。

「あの……佐々倉陽都です。興一の孫ですが……」

「本当に、申し訳ありませんっ！」

香々見の母が、香々見の上に乗っかったまま土下座をした。

「いえその……俺は……青い薔薇の置物を返していただければそれで構わないです」

香々見は「俺のものぉ……」と呻くが、彼の父は「分かっています」と頷き、店の奥へと陽都と水無月を案内する。

西洋アンティークのゴシック空間は圧倒的に美しく、壺や小物が無造作に積まれた祖父の部屋とはまったく違って、好奇心を刺激された。

「これは……一八四〇年代のプレスドビスクか。よい状態で残っているな。素晴らしい」

水無月が「この空間は特別製だな」と感嘆の声を漏らした。

何千年も存在していた神様が喜ぶのだから、存在した年月は関係ない、芸術的な素晴らしさなのだろう。

陽都は「俺は人形は……ちょっと怖い」と言って、水無月の後ろに隠れた。

「話が分かりますな！　もしや、遊園堂の五代目が言っていた、佐々倉骨董の新しい目利きさん？　いやはや、外国の方とは思わなかった！」

香々見の父は、水無月がアンティークドールの価値が分かった途端に、少年のように目を輝かせる。

「手放したくないコレクターが多くて、集めるのにとても時間がかかったし、修理が必要な物も少なくなかった。ここの空間だけは、俺も家内も絶対に売らんと決めているんです」

アンティークの、子ども用のソファとレースに包まれたあどけない顔の人形たち。一段高い場所で座っている人形は、一際美しい。そして、膝の上にはラピスラズリの青い薔薇が置かれていた。

「うーわー」

陽都は声を上げ、無造作にスマートフォンを構えて写真を撮った。撮ってから、「あ！　すみません！　アンティークなのに！」と慌てる。

「フラッシュを焚《た》かなければ問題ないですよ。ねえ、素晴らしいでしょう。あの子が青い薔薇を持ってきたときに、置き場所はここしか考えられないと思ったんです。ですが……話を聞いたらとんでもないことで」

香々見の父は慎重に手を伸ばし、青い薔薇を掴んで手を引っ込める。そして陽都に手渡した。

「いい機会なので、寛武は海外の友人のところへ修業に行かせます。性格はああですが、実際、真贋を見る目は確かなんです。……本当に申し訳ありませんでした」

「俺は、この薔薇が戻って来ればそれでよかったので、あの、頭を上げてください」

陽都の言葉に、香々見の父は目尻に涙を浮かべて礼を言う。

「ふむ。私は時折、ここを訪ねてもかまわんか？　なかなか珍しいものが置いてある。興一のコレクションとまったく違うのが面白い」

水無月を佐々倉家の鑑定士と誤解している彼は、店の品揃えを褒めてもらったこともあり「いつでもどうぞ！」と喜んだ。

陽都はちょっぴり複雑だが、水無月が楽しいならそれでいいと思う。ただ、彼が外出するときは、自分も絶対に付いていこうと心に決めた。


おそらく、勝者は香々見の母だ。

彼女が香々見を肉体的にも精神的にも躾《しつ》けたことが、よかったのだろう。

香々見も素直に「ごめんなさい」が言えた。

それとは別に花梨のことは諦めていないようで、「いつか花梨さんに相応しい男になります」という嬉しくない伝言まで受け取ってしまった。

神様と第一信者の無事の帰還に、みんな大いに喜んだ。

しかし花梨の顔を見てしまうと、香々見のあの伝言は言いにくい。

「飲もう飲もう！　用意するねー！」

花梨の提案にみんな賛成する。

受け取った伝言を無視するには哀れだったので、陽都は、ラピスラズリの青い薔薇を自分の部屋に置いてから、意を決して告げた。

上機嫌で下ごしらえをしている今なら、花梨に話しても大丈夫だと思ったのだ。

まさか、包丁でまな板が真っ二つになるとは思わなかった。

陽都と入矢は言葉を失い、海音は「ビデオで撮っておけばよかった」と呟き、水無月は「愉快愉快」と一人で笑った。

花梨は「お気に入りのまな板と包丁が……」とがっくり落ち込んだが、「神様の神体が戻って来たから……仕方ないか」と前向きに立ち直る。

たった一日の騒動だったが、お陰で入矢と海音が結婚することも分かってめでたい。

「式はなしで、披露パーティーはしようかなと」

海音は、水無月のグラスに冷酒を注ぎながら話し始めた。

花梨は酒のつまみを手際よく作りながら「ちょっと待って。ちゃんと聞かせて」と慌てる。テーブルの上には、千切り野菜のサラダ、大根おろしを添えただし巻き卵、厚揚げのそぼろあんかけ、スパムともやしの炒め物が並んだ。それと、箸休めのキュウリとセロリの浅漬けに、たくあんとおにぎり。

花梨は「夜食みたいだけど」と笑ったが、全員「そんなことない」と首を左右に振って、喜んでぱくつく。

最高に旨い。酒も進む。

「それでねー、花梨にパーティーの料理とケーキをお願いしたいのよ。格安で。なんて言うの？　姉妹価格？」

「まあそうだろうと思ってたわ。双子ってのは、なんとなーく相手のことが分かるもんだし。私の教室の宣伝にもなるから受けたげる。四十九日が終わったあとの、最初の吉日がいいわよ」

「私もそうしようと思ってた。あと、雑誌のエディターも呼ぶから、料理の写真もいっぱい撮ってもらう」

「私の料理より、海音のドレス姿を撮ってもらうのが先でしょ。やーね、もう」

けらけら笑いながら、花梨はみんなの皿に料理を分けていく。

一瞬、間が空いた。

「おねえええちゃんっ！」

海音がいきなり泣き出し、トングを持ったままの花梨にしがみついた。

「神様にも、是非パーティーに参加してもらいたいです。……神様のお眼鏡にかなう信者がいればいいいんですが、どうだろう」

入矢は、美しき姉妹愛を見て感動しながら、水を飲むように酒を飲む水無月に囁く。

「ふむ。楽しみにしている」

水無月が楽しそうに頷く横で、陽都は一人、薔薇の台座にはアンティークの金が合うなと、骨董のことで頭がいっぱいだった。


除湿機を稼働させるだけで、部屋の中が涼しくなる。特にこの書斎兼商談部屋だった陽都の部屋は布物が多い。湿気は禁物だ。

「今日はよい酒を飲んだな」

風呂上がりにアイスを銜えて部屋に戻った水無月は、タオルで髪を拭きながらベッドに腰を下ろす。

陽都は「パジャマで暑くないのか?」と言いながら、自分はタンクトップと下着だけの姿になる。

「ああ。入矢さんが……俺の兄さんになるのは嬉しい」

陽都はそう言って水無月の隣に腰を下ろし、口を開ける。アイスを一口ちょうだい、だ。

水無月は喜んで陽都の口にアイスを突っ込む。

もしかしたら水無月はもっとこう艶《あで》やかなことを考えていたのかもしれないが、陽都は思いきり齧ってシャクシャクと咀嚼《そしゃく》した。

「恐ろしい奴だな、お前は……。今、胆が冷えたぞ」

「涼しくなったのか、よかった」

「そういう意味ではなく」

「俺さ、今日、香々見アンティーク行ったときに思ったんだけど、水無月の神体にぴったりの金の台座が無性にほしくなった。神体を置くに相応しい台座だから、時間も費用もかかるだろうけど、俺、頑張って働くから」

「楽しみにしている」

「うん。それで、ネットオークションで何点かいいなっていうのがあるんだけど、金額的に手が出ないのが悔しい。金相場も今はちょっと上がってるしさ」

「急ぐ必要などないぞ？　私はいくらでも待てる」

水無月は陽都を抱き寄せ、二人でアイスを齧り合う。

「冷たくて美味しい」

「ああ」

最後の一口を口の中で分け合いながら、ベッドに横たわる。

「今日も、水無月の可愛いところがいっぱい見られて、俺は嬉しい」

陽都は水無月の濡れた髪を丁寧に指で梳《す》き、からかうように笑った。

水無月は眉間に皺を寄せたが、頬が少し赤くなっているので、嫌がっているのではなく照れているに違いない。

「この、陽都め……愛い奴」

「俺も、水無月を愛してる。だから……俺を、その、もっと……水無月の好きなように可愛がってくれ」

言うだけで恥ずかしい。心臓が激しく脈打つ。けれど体は素直に興奮した。

「私も……お前の前では神を忘れて素直になろう。だが……幻滅せんか？」

そんなのするはずがない。水無月の新しい表情や仕草が見られるだけで、陽都は幸せな気持ちになるのだ。

「そんなこと……絶対にない。俺の、愛しい、神様……」

「これは、なんとも……たまらんな。嬉しくて……胸の内が疼く」

水無月は陽都を見下ろしたまま、目を細め、だがいきなり顔を背けた。

「水無月、俺の神様……」

陽都は水無月を力任せに抱き締め、真っ赤な顔で照れまくる太古の神を受け止める。

「大好きだよ、水無月」

「お前は、私にどれだけたくさんのものを奉納すれば……気が済むのだ」

水無月は、照れくささを隠すためにぶっきらぼうに言い、「えへへ」と笑う陽都の唇に自分の唇を押しつけた。


思っていた通り四十九日も晴天で、水無月曰《いわ》く、祖父は楽しそうに成仏したという。きっと極楽でおばあちゃんと再会していることだろう。

そして入矢と海音が結婚した。

パーティー会場の佐々倉家は旨い料理とファッション、そして骨董にまみれてカオスとなったが、新婚さんは素晴らしい思い出を作ったことだろう。

水無月は相変わらずモテたが、信者の数は増えなかった。

もしかしたら、今いる信者で十分なのかも知れない。信者が陽都一人だったときでも、一瞬で外国に飛べるほどの力があったのだから。

海音は入矢の家に入り、向こうの両親から「海音ちゃあああん」というほど毎日可愛がられている。もともと子どもの頃からよく知った仲だったし、思春期にはいろいろと世話になったという。今ではまるで、本当の親子のようだ。

花梨は、料理教室だけでなく店を出そうと野望に燃えている。仕事に燃えすぎて浮いた話が一つもないのが、花梨の悩みだ。

「夢の中まで骨董が出てくる……」

陽都は、祖父の「佐々倉骨董」を正式に継いだ。

客の中には「若すぎないか」と足が遠のいてしまった者もいたが、彼をフォローする水無月が余りにも完璧で、女性顧客が増えた。

「俺……もっとアクセサリーのこと知らないと、お客さんに逃げられる。なんなの、ビジューって、サフィレットのアンティークって……今度チェコに行こうか水無月」

骨董アクセサリーが弱すぎる陽都は、香々見アンティークの店長から借りた分厚い資料を閉じて、テーブルに突っ伏した。

「今まで、年が若いからって……昔のお客さんが何人かいなくなったってのに。祖父さんに申し訳がたたない」

「学習あるのみだが、今は頭を休めるがいい。神手ずから、お前のためにシャーイを淹れてやったぞ」

水無月はシャーイの入ったグラスを陽都の前に置き、角砂糖を三つ入れて掻き回す。

「ありがとう……」

「礼は、ここに」

水無月が唇を指さしてキスをせがむ。花梨からは「いちゃいちゃは自分の部屋でして」と言われているので、食堂でキスはできない。

「キスを所望する」

なんだよそれ。

真顔で言われてつい笑ってしまった。

笑いながら、陽都は水無月の頬にキスをする。

「解せぬ」

「花梨姉さんに怒られるからだめ」

「ん？　花梨なら、今日は遅くなると言っていたぞ？　スタッフと合コンとやらに出るそうだ。食事は冷凍庫に入っている作り置きハンバーグをチンしろと……」

合コンなんて聞いてないぞ……と思ったところで、いきなり口にキスされた。

「お前の神をもっと敬え」

水無月の可愛い我が儘に、陽都はしあわせいっぱいの笑顔で頷いた。

END

あとがき

はじめまして&こんにちは、高月まつりです。

あとがきに三ページも戴いて、何を書けばいいのかガクブル状態です。心の動揺を伝える殴り書き四コマとかならいくらでも掛けるのですが、さすがにそれを読者さんにお見せすることはできません。

……と、数行打って冷静になったところで、今回のお話です。

いつもの高月ワールドで楽しく書かせていただきました。

大好きな俺様攻めが、山ほどオプションをつけたらもう神様にしかならないよな……という感じの攻めです。

王朝によって信心する神が違ったり、滅ぼされた王朝と一緒に破壊される神仏像などは、海外へ旅行に行ったときに何度も見ていたので、少しは反映できたかなあとドキドキしてます。

神は嘘をつく術を知らんと、水無月さんは言ってますので、陽都を本当に幸せにしてくれるはずです。

強いて言えば……水無月さんは、もう少し騒がしくてもよかったかかな。年寄りすぎて祖父さんのように落ち着いてしまいました。

骨董にまみれて暮らしてたしね。

繊細な彫り物である、ラピスラズリの薔薇は、「こんなんあったら私がほしいや」というファンタジーの存在です。

アフガニスタン産の最高級品を見たことがありますが、あれ、本当に綺麗。ため息が出ます。

ラピスラズリの和名は瑠璃で、瑠璃は七宝の一つなんですよね。

いつごろ日本に渡ってきたのか、ロマンが渦巻きます。特に擬人化的な面で。


受けの陽都は、はい、いつもの受けです。

巻き込まれてます。でも相手が神様なので、不幸になることはないです。きっとこのまま、いつまでも幸せに暮らすでしょう。

信者第一号だし、水無月に名前を奉納したしね。

名前を付けるってのは……自分の中では中二が疼くたまらない萌え萌えな行為なんです。

ほら、あれだ、所有するとか、自分のものになれ的な、そんな想いで頭の中がパンパンになってしまうのです。

そんなこんなで、陽都君は今はまだ若いですが、隣には「優秀な鑑定士」もいるので、お店を頑張って切り盛りしていくと思います。

一緒に海外買い付けにも行くんだろうな。水無月の、今は亡くなってしまった故郷にも行きそうです。
二人でらくだに乗って記念写真を撮ってほしいなー。

そして、挿絵の明神先生！　本当に本当に……ご迷惑をおかけしました&ありがとうございました！　私、もっともっと頑張ります。本当にありがとうございました。

それでは、ここまで読んでくださってありがとうございました。
次回作でお会いできれば幸いです。

こんにちは．明神翼です
「名無しの神様ご執心」．すっごくおもしろく楽しんで
イラストを描かせていただきました♥
水無月と陽都の会話のやりとりが
ほんとツボでとってもおもしろいっっ☆☆
ああ麗しの双子ちゃんズも絵に描き
たかったデス…☆
高月先生．スバラシイ萌えと笑いを
本当にどうもありがとうございました!! そして．いろいろご迷惑を
おかけしてすみませんでした；
陽都の的確なツッコミに
いっぱい笑いました──◎
みょうじんつばさ☆
◀カバーラフです。
実はラフでは陽都，上半身ハダカだったんですよ──☆

ダリア文庫をお買い上げいただきましてありがとうございます。
この本を読んでのご意見・ご感想・ファンレターをお待ちしております。

〈あて先〉
〒173-8561　東京都板橋区弥生町78-3
(株)フロンティアワークス　ダリア編集部
感想係、または「高月まつり先生」「明神 翼先生」係

❋初出一覧❋

名無しの神様ご執心

2014年6月20日　第一刷発行

著者　高月まつり
©MATSURI KOUZUKI 2014

発行者　及川 武

発行所　株式会社フロンティアワークス
〒173-8561　東京都板橋区弥生町78-3
営業　TEL 03-3972-0346　FAX 03-3972-0344
編集　TEL 03-3972-1445

印刷所　中央精版印刷株式会社